Las verdaderas confesiones de Charlotte Doyle

Una novela de AVI

Traducción de Rocío Isasa

ALFAGUARA

www.librosalfaguarajuvenil.com

Título original: THE TRUE CONFESSIONS OF CHARLOTTE DOYLE

2015, Penguin Random House Grupo Editorial USA, LLC.,
8950 SW 74th Court, Suite 2010
Miami, FL 33156

ISBN: 978-84-204-2342-5
Depósito legal: M-8.145-2011
Printed in USA by HCI Printing

Primera edición: abril de 2011

Diseño de cubierta: Beatriz Tobar

Maquetación: David Rico

Las verdaderas confesiones de Charlotte Doyle

Para Elizabeth y Christina

Una advertencia importante

No cualquier joven de trece años es acusada de asesinato, llevada a juicio y declarada culpable. Pero yo era precisamente esa niña, y merece la pena contar mi historia incluso aunque sucediera años atrás.

Queda avisado el lector, de todas formas, de que esto no es una *historia de chico malo*, o de *Lo que hizo Katy*. Si le ofenden las ideas fuertes y la acción, no siga leyendo. Encuentre otro compañero con el que compartir su tiempo libre. Por mi parte, sólo intento contar la verdad tal y como la viví.

Pero antes de que empiece a relatar lo que sucedió, ha de saber algo sobre cómo era yo en el año 1832, cuando estos hechos acontecieron. En aquel tiempo mi nombre era Charlotte Doyle. Y aunque he conservado mi nombre, yo no soy, por razones que usted pronto descubrirá, la misma Charlotte Doyle.

¿Cómo podría describir la persona que una vez fui? A los trece años era sobre todo una niña, no habiendo empezado a tener el cuerpo, menos aún el corazón, de una mujer. Aun así, mi familia me vestía como una señorita: un sombrero cubriendo mi precioso cabello, falda larga, botines y, puede creerlo, guantes blancos. Desde luego, yo quería ser una señora. No era sólo un deseo, era mi destino. Lo había asumido plenamente, con alegría, sin ningún pensamiento en contra. En otras palabras, creo que en el momento de los hechos no era ni más ni menos que lo que aparentaba: la hija, agradable y corriente, de unos padres de buena posición.

Aunque nací en América, los años entre mi sexto y decimotercer cumpleaños transcurrieron en Inglaterra. Mi padre, que se dedicaba a la manufactura de productos de algodón, trabajaba allí como representante de una firma americana. Pero a principios de la primavera de 1832, fue ascendido y reclamado en casa.

Ardiente creyente de la regularidad y el orden, decidió que sería mejor si yo terminaba el curso en vez de interrumpirlo a mitad de año. Mi madre, a la que nunca vi contradecirle, aceptó su decisión. Seguiría más tarde a mis padres, así como a mi hermano y hermana pequeños, a nuestro verdadero hogar, que estaba en Providence, Rhode Island.

Para que usted no piense que la decisión de mis padres de no llevarme con ellos fue temeraria, le mostraré lo razonable, lógica incluso, que fue.

En primer lugar, comprendieron que si permanecía interna en la escuela Barrington para señoritas, dirigida por la eminente señora Weed, la más idónea para el puesto, no perdería el curso.

Segundo, cruzaría el Atlántico (viaje que podía durar de uno a dos meses) en verano, cuando no hubiera curso.

Tercero, viajaría en un barco perteneciente a y comandado por la compañía de mi padre.

Cuarto, el capitán del barco se había ganado una reputación, según me informó mi padre, por su velocidad en cruzar el Atlántico.

Además había otro factor a tener en cuenta, dos familias conocidas por mis padres también habían reservado pasajes en el barco. Los padres habían prometido ser mis guardianes. Se me había dicho que las familias tenían niños (tres preciosas chicas y un encantador chico), así que estaba deseando, más que nada en el mundo, conocerlos.

Si tiene usted en cuenta que sólo tenía borrosos recuerdos de mi primera travesía por el Atlántico con seis años, entenderá que veía aquel próximo viaje como una fiesta. ¡Un enorme, precioso barco! ¡Alegres marineros! ¡No tener que pensar en la escuela! ¡Compañeros de mi edad!

Una cosa más. Mi padre, típico de él, me entregó un paquete de hojas en blanco, y me pidió que escribiera un diario de mi viaje a través del océano; su escritura tendría un valor educativo para mí. Me advirtió que no sólo leería mi diario y lo comentaría, sino que también prestaría particular atención a la ortografía, uno de mis puntos débiles.

El haber escrito ese diario es lo que me permite relatar ahora con perfecto detalle todo lo que sucedió durante aquel fatídico viaje a través del océano en el verano de 1832.

Primera parte

Capítulo 1

Poco antes del atardecer del 16 de junio de 1832, me encontraba caminando por los bulliciosos muelles de Liverpool, Inglaterra, detrás de un hombre llamado Grummage. Éste, socio de mi padre, también era, como él, un caballero. Mi padre le encargó que ultimara los detalles de mi viaje a América. Debía encontrarse conmigo cuando llegara de la escuela en el coche de caballos, y esperar a verme embarcada felizmente en el barco que mi padre previamente había escogido.

El señor Grummage iba vestido con una levita negra y sombrero de copa, que aumentaba su estatura ya de por sí considerable. Su sombría y amarillenta cara no reflejaba ninguna emoción. Su mirada podía haber sido la de un pez muerto.

—Señorita Doyle —dijo mientras descendía del coche procedente de Liverpool.

—Sí, señor. ¿Es usted el señor Grummage?

—Lo soy.

—Encantada de conocerlo —dije, haciendo una reverencia.

—¡Muy bien! —contestó—. Ahora, señorita Doyle, si fuera tan amable de indicarme dónde está su baúl, tengo aquí a un mozo para llevarlo. Después, hágame el favor de seguirme y todo saldrá según lo previsto.

—¿Podría decir adiós a mi acompañante?

—¿Es necesario?

—Ha sido muy amable.

—Dese prisa entonces.

Presa del nerviosismo identifiqué mi baúl, arrojé mis brazos sobre la señora Emerson, mi encantadora compañera de viaje, y le ofrecí una lacrimógena despedida. Después me apresuré detrás del señor Grummage, que ya estaba en marcha. Un mozo de aspecto tosco, situado detrás de nosotros, cargó mi baúl sobre su espalda.

Nuestra pequeña procesión llegó sin problemas al extremo del muelle. Enseguida me emocioné ante la cantidad de barcos que se extendía ante nosotros: mástiles y vergas gruesos como los pelos de un erizo. A cualquier sitio donde mirara veía montañas de extrañas mercancías apiladas. ¡Fardos de seda y tabaco! ¡Cajas de té! ¡Un loro! ¡Un mono! ¡Oh, sí, el olor del mar podía intoxicar a alguien que sólo conocía el olor del césped recién segado y los campos de la escuela Barrington! Además, el bullicio de trabajadores, marineros y mercaderes —todos hombres toscos y fornidos— se sumaba a la exótica escena vespertina. Era un delicioso babel, que, si bien resultaba ligeramente amenazador, no por ello era menos excitante. De hecho, tenía la vaga sensación de que todo aquello estaba allí para mí.

—¡Señor Grummage, señor! —grité por encima del estruendo—. ¿Cómo se llama el barco en el que viajaré?

El señor Grummage se detuvo un instante para mirarme, como sorprendido de verme allí y más aún de que hiciera una pregunta. A continuación sacó un trozo de papel de uno de sus bolsillos. Echándole un vistazo dijo:

—El *Halcón del mar.*

—¿Inglés o americano?

—Americano.

—¿Un barco mercante?

—Sin duda.

—¿Cuántos mástiles?

—No lo sé.

—¿Habrán embarcado ya las otras familias?

—Creo que sí —respondió, exasperado—. Para su información, señorita Doyle, fui informado de que se había aplazado la salida del barco, pero cuando hablé directamente con el capitán, me dijo que debía de haber algún tipo de malentendido. El barco está preparado para zarpar con la primera marea de la mañana. Así que no hay retraso.

Y como queriendo confirmarlo, se giró para continuar caminando. Sin embargo, incapaz de calmar mi exaltada curiosidad, me las arreglé para hacerle una nueva pregunta:

—Señor Grummage, ¿cómo se llama el capitán?

El señor Grummage se detuvo otra vez, frunciendo el ceño de una forma irritante, aunque al mismo tiempo consultó el papel.

—Capitán Jaggery —anunció, y una vez más se dio la vuelta para seguir andando.

—¡Oiga! —exclamó el mozo de repente. Se había acercado y había escuchado por casualidad nuestra conversación. Tanto el señor Grummage como yo le miramos.

—¿Dijo usted el capitán Jaggery? —preguntó el mozo.

—¿Se está usted dirigiendo a mí? —le interrogó el señor Grummage dejando perfectamente claro que, de cualquier forma, el mozo había cometido una grave falta de decoro.

—Sí, lo estaba —dijo el hombre, hablando por encima de mi cabeza—, y estoy preguntando si he oído bien cuando usted ha dicho que se dirigían al barco del capitán Jaggery —dijo el nombre de Jaggery como si fuera algo realmente repugnante.

—Yo no estaba hablando con usted —informó el señor Grummage al hombre.

—Ya, pero de todas formas le escuché —continuó el mozo, y diciendo eso, arrojó mi baúl sobre el muelle con un golpe tan feroz que temí que lo rompiera en dos—. No tengo la intención de dar un paso más hacia nada que tenga que ver con el señor Jaggery. Ni siquiera por el doble de oro. Ni un paso más.

—Mire usted —gritó indignado el señor Grummage—. Usted se comprometió...

—No importa a lo que me comprometí —replicó el hombre—. Prefiero evitar a ese hombre antes que tener su dinero —y sin decir otra palabra se dio la vuelta.

—Alto, le digo, ¡alto! —gritó el señor Grummage.

En vano. El mozo se había ido, y lo hizo con rapidez.

El señor Grummage y yo nos miramos. No sabía qué pensar de aquello. Claramente él tampoco. Aun así hizo lo que tenía que hacer: inspeccionó la zona en busca de un suplente.

—¡Oiga! ¡Usted! —gritó al primero que pasó cerca, un enorme sujeto con un blusón. ¡Aquí tiene un chelín si puede llevar el baúl de esta señorita!

El hombre se paró, miro al señor Grummage, a mí, al baúl.

—¿Eso? —preguntó con desdén.

—Estaré encantada de añadir un segundo chelín —me ofrecí, pensando que la baja oferta era el problema.

—Señorita Doyle —dijo el señor Grummage con enojo—. Déjeme manejar esto.

—Dos chelines —dijo el mozo con rapidez.

—Uno —rebajó el señor Grummage.

—Dos —repitió el mozo y ofreció su mano al señor Grummage, quien le dio una sola moneda. Entonces el hombre se giró y extendió su mano hacia mí.

Precipitadamente comencé a sacar una moneda de mi bolso.

—¡Señorita Doyle! —protestó el señor Grummage.

—Lo he prometido —susurré y dejé caer la moneda en la palma abierta del hombre.

—Tiene razón, señorita —dijo el mozo levantando su sombrero—. Que el mundo entero siga su ejemplo.

Ese elogio a mis principios morales hizo que, sin poder evitarlo, me sonrojara de placer. Mientras, el señor Grummage carraspeó en señal de desaprobación.

—Bueno, entonces —preguntó el mozo—. ¿Dónde necesita esto la señorita?

—¡No es de su incumbencia dónde! —contestó con brusquedad el señor Grummage-. En algún sitio del muelle. Se lo diré cuando lleguemos.

Con el dinero en el bolsillo, el hombre se inclinó sobre mi baúl y se lo cargó al hombro con increíble facilidad, dado su peso y altura, y pidió:

—¡Guíenme!

El señor Grummage, sin perder más tiempo, y quizá por temor a las consecuencias que podría traer más charla, empezó a andar de nuevo.

Después de guiarnos a través de un laberinto de muelles y embarcaderos, se detuvo. Se giró a medias y anunció:

—Aquí está —y señaló un barco amarrado a un embarcadero delante de nosotros.

No había tenido tiempo de mirar hacia donde señalaba, cuando oí un fuerte golpe detrás de mí. Sorprendida, me giré y vi que el hombre, al cual acabábamos de contratar, había echado un vistazo al *Halcón del mar,* abandonado mi baúl apresuradamente y, como el primero, se había ido corriendo sin ni una sola palabra de explicación.

El señor Grummage se limitó a mirar por encima de su hombro al mozo desaparecido repentinamente. Exasperado, dijo:

—Señorita Doyle, ¿me esperará aquí? —y con rápidas zancadas subió por la pasarela y se metió en el *Halcón del mar*, donde desapareció de mi vista.

Permanecí en el sitio, con más ganas que nunca de subir a bordo y conocer a aquellos niños encantadores que serían mis compañeros de viaje. Durante la hora que esperé en el muelle, no pude dejar de mirar fijamente el barco; todo estaba en calma en la decreciente luz del día.

Sería una tontería decir que estaba excesivamente asustada cuando observaba el *Halcón del mar.* No tenía la más remota sospecha de lo que iba a suceder. Nada de eso. No, el *Halcón del mar* era un barco como otros innumerables que había visto antes y vería después. Bueno, quizá era más pequeño y viejo de lo que había previsto, pero nada más. Amarrado al muelle, se mecía suavemente con el oleaje. Su jarcia de amarre, alquitranada para protegerla del mar salado, se elevaba por encima de mí, como una escalera negra a un cielo cada vez más oscuro; de hecho su verga del sobrejuanete parecía perdida en la noche sombría[1]. Sus velas, atadas, es decir, arriadas, parecían fundas de nieve recién caída en majestuosos árboles.

Brevemente, el *Halcón del mar* era lo que se conoce como un bergantín, un barco de dos mástiles, con un esnón detrás del mástil, quizá de setecientas toneladas de peso, treinta y dos metros de popa a proa, treinta y nueve metros de cubierta a la galleta del palo mayor. Había sido

---

[1] Durante mi relato necesitaré utilizar ciertos términos que podrían resultar poco familiares, como jarcia, verga del sobrejuanete o arriar. No los conocía cuando embarqué por primera vez, pero los fui aprendiendo durante mi viaje. Como hoy en día mucha gente no sabrá qué significan, he incluido un dibujo de el *Halcón del mar* en un apéndice al final de este relato. Puede consultarse de vez en cuando para entender mejor a lo que me estoy refiriendo. El dibujo, además, me ahorrará explicaciones innecesarias y acelerará mi narración. Respecto a los horarios en un barco, se podrá encontrar también una explicación completa en el apéndice.

construido quizá a finales del siglo dieciocho o principios del diecinueve. Su casco estaba pintado de negro, sus amuradas de blanco, los dos colores habituales. Sus dos mástiles, ligeramente inclinados hacia atrás, tenían aparejo en cruz. También tenía un bauprés, que salía de su proa como el cuerno de un unicornio.

De hecho, el único elemento original de este barco era una escultura tallada en el mascarón de proa de un blanquecino halcón de mar[2]. Sus alas estaban dobladas hacia la proa, su cabeza extendida hacia delante, su pico completamente abierto, con la lengua sobresaliendo como si gritara. Bajo la sombría luz que retorcía y distorsionaba sus rasgos, me sorprendió el hecho de que la figura pareciera más un enfadado y vengativo ángel, que un dócil pájaro.

El muelle estaba desierto y cada vez más oscuro. Me sentí tentada de subir por la pasarela en busca del señor Grummage. Pero, ¡ay de mí!, mis buenos modales se impusieron. Me quedé donde estaba, como en un sueño, pensando en no sé qué.

Pero, poco a poco, como un telescopio que va siendo enfocado, me di cuenta de que había algo colgado de uno de los cabos de amarre de la popa. Me recordaba a un cuadro que había visto una vez de un oso perezoso, un animal que pende bocabajo de las lianas. Aunque, como luego advertí, esto era un hombre. Se estaba izando desde el muelle hasta el *Halcón del mar*. Mientras comprendía lo que estaba viendo, él subió al barco y desapareció.

---

[2] El águila pescadora es también conocida como el halcón del mar.

No había tenido tiempo de asimilar esta visión, cuando escuché voces enfadadas. Me di la vuelta y vi al señor Grummage asomado a la barandilla, enzarzado en una discusión con alguien que no podía distinguir. Mi caballero miró repetidas veces hacia mí y me pareció que gesticulaba en mi dirección como si yo fuera el motivo de una airada conversación.

Finalmente el señor Grummage descendió al muelle. Mientras se acercaba vi que tenía la cara roja, y una mirada furiosa que me alarmó.

—¿Pasa algo? —pregunté en un susurro.

—¡Nada de nada! —respondió con brusquedad—. Todo según lo planeado. La están esperando. El cargamento ha sido embarcado. El capitán está listo para zarpar. Pero… —Se calló, miró hacia al barco, se giró de nuevo hacia mí—. Es sólo que… verá, esas dos familias, ésas con las que iba a viajar, sus acompañantes… no han llegado.

—Pero lo harán —dije, tratando de mantener la compostura.

—Eso no es completamente cierto —admitió el señor Grummage—. El segundo oficial me ha informado que una de las familias ha avisado de que no podrían llegar a Liverpool a tiempo. La otra tiene a una niña muy enferma. Les han recomendado que no se mueva —de nuevo el señor Grummage lanzó una mirada sobre su hombro al *Halcón del mar* como si, de alguna manera, tuviera la culpa de esos infortunios.

Girándose hacia mí, continuó:

—Parece que el capitán Jaggery no aceptará ningún retraso en su salida. Muy correcto. Tiene sus órdenes.

—Pero, señor Grummage, señor —pregunté consternada—. ¿Qué debo hacer?

—¿Hacer?, señorita Doyle, su padre ordenó que usted viajara en este barco y en esta fecha. Tengo órdenes muy específicas, órdenes escritas. No dejó dinero para otro acomodo. Y yo, por mi parte —dijo—, me marcho a Escocia esta noche en un urgente viaje de negocios.

—¡Pero, seguramente —grité, frustrada tanto por la forma en la que el señor Grummage estaba hablando, como por las noticias—, seguramente yo no debería viajar sola!

—Señorita Doyle —me respondió—, embarcar con todo el personal, capitán y tripulación, difícilmente puede ser interpretado como viajar sola.

—¡Pero... pero todos serán hombres, señor Grummage! Y... yo soy una chica. ¡Estaría mal! —grité, con la absoluta convicción de que estaba reproduciendo las palabras de mis amados padres.

El señor Grummage se irguió:

—Señorita Doyle —dijo con suavidad—. En mi mundo, los juicios sobre lo bueno y lo malo se dejan en manos del Creador, no de los niños. Ahora, sea tan amable de subir a bordo del *Halcón del mar*. ¡De una vez!

Capítulo 2

Con el señor Grummage como guía, subí finalmente, con reticencias, a la cubierta del *Halcón del mar*. Un hombre nos estaba esperando. Era pequeño —la mayoría de los marineros lo son—, apenas más alto que yo e iba vestido con una desgastada chaqueta verde, sobre una camisa blanca que no llevaba demasiado limpia. Su piel morena estaba curtida, su barbilla mal afeitada. Su boca no sonreía. Ni sus manos ni sus pies paraban de moverse inquietos. Sus afilados y borrosos ojos se hundían en una cara estrecha parecida a la de un hurón, y daban la impresión de estar siempre alerta ante amenazas que podrían surgir de cualquier esquina en cualquier momento.

—Señorita Doyle —declaró el señor Grummage a modo de introducción—, el capitán Jaggery y el primer oficial han desembarcado. Déjeme que le presente al segundo oficial, el señor Keetch.

—Señorita Doyle —me dijo el tal señor Keetch, hablando en un tono innecesariamente alto—, dado que el capitán Jaggery no está a bordo, no tengo más remedio que ocupar su lugar. Pero creo firmemente, señorita, que usted debería viajar en otro barco a América.

—¡Y yo no puedo permitir tal cosa! —interrumpió el señor Grummage, antes de que yo pudiera contestar.

Desde luego ésta no era la bienvenida que esperaba.

—Pero, señor Grummage —dije—, estoy segura de que mi padre no querría que viajara sin...

El señor Grummage acalló mis protestas levantando la mano.

—Señorita Doyle —dijo—, mis órdenes son claras y no permiten otra interpretación. La he encontrado. La he traído aquí. La he depositado bajo la protección de este hombre, quien, durante la temporal ausencia del capitán Jaggery y del primer oficial, cumple con su obligación firmando este recibo por su entrega.

Para confirmar este punto, el señor Grummage agitó un trozo de papel delante de mí. Me sentía como un fardo de algodón.

—Entonces, señorita Doyle —se apresuró—, no queda más salvo desearle una muy agradable travesía a América.

A modo de despedida, levantó su sombrero y, antes de que pudiera pronunciar una palabra, descendió por la pasarela hacia tierra.

—Pero, señor Grummage —le llamé desesperadamente.

Puede que el señor Grummage no me oyera o decidiera no oírme, pues continuó descendiendo hacia el muelle sin echar siquiera una mirada atrás. No le vería nunca más.

Un apagado sonido de pisadas me hizo volverme. En el castillo, bajo la luz de una linterna, vi a unos cuantos desdichados marineros, encogidos como monos, rellenando de estopa las tablas de la cubierta. Sin duda lo habían escuchado todo. Y ahora me lanzaban miradas hostiles por encima de sus hombros.

Sentí un toque en el codo. Agarrotada, me di la vuelta y vi al señor Keetch. Parecía más nervioso todavía.

—Le ruego que me perdone, señorita Doyle —dijo con sus extraños modales—, ahora no se puede hacer nada más, ¿no? Lo mejor será que le enseñe su camarote.

En ese momento me acordé de mi baúl de ropa, como si esa colección de vestidos, aún en tierra, me reclamara con más fuerza que el barco. Y como estaba *allí*, yo también tendría que estar.

—Mi baúl... —murmuré, girándome a medias hacia el muelle.

—No se preocupe, señorita. Iremos a buscarlo —dijo el señor Keetch, interrumpiendo mi última excusa para la retirada. De hecho, alargó una linterna, indicando una entrada en la pared del alcázar que parecía conducir abajo.

¿Qué podía hacer? Toda mi vida había sido educada para obedecer, educada para aceptar. No podía cambiar en un momento.

—Por favor, guíeme –mascullé, tan próxima al desmayo como una persona puede estarlo sin llegar a sucumbir.

—Muy bien, señorita —dijo, conduciéndome a través de cubierta y bajando un tramo de escalones.

Me encontré en un estrecho y oscuro pasillo de techo bajo. El entrepuente, como era llamada esta zona, apenas tenía más de dos metros de ancho y quizá nueve de largo. En la penumbra pude distinguir una puerta a cada lado y otra muy al final. Atravesando el techo estaba el palo mayor, que se alzaba desde el suelo como un árbol gigantesco. En el centro había también una mesa amarrada. Ninguna silla.

Toda la zona era aterradoramente angosta, sin ofrecer, que yo pudiera ver, sensación alguna de comodidad. Un hedor a podredumbre impregnaba el aire.

—Por aquí —oí repetir al señor Keetch. Había abierto la puerta de mi izquierda—. Su camarote, señorita. El reservado para usted —con un gesto me invitó a entrar.

Ahogué un grito... El camarote no tenía más de dos metros de largo. Uno y medio de ancho. Poco más de uno de alto. Yo, que no era demasiado alta, tenía que agacharme para ver el interior.

—Los pasajeros habituales pagan hasta seis libras por él, señorita —me informó el señor Keetch, con un tono de voz mucho más suave.

Me forcé a entrar en el camarote. Contra la pared de enfrente pude distinguir una estrecha repisa. Vi algo que parecía una almohada y una manta, me di cuenta de que se suponía que era la cama. Cuando el señor Keetch la iluminó, distinguí algo que se movía sobre ella.

—¿Qué es eso? —grité.

—Una cucaracha, señorita. *Toos* los barcos las tienen.

En cuanto al resto del mobiliario, no había más que una pequeña cómoda empotrada en el mamparo, cuya puerta se abría y servía como mesa. No había nada más. Ni portilla. Ni silla. Ni siquiera un detalle de adorno. Era feo, agobiante y, agachada como estaba, imposible.

Aterrada me giré hacía el señor Keetch, esperando poder emitir nuevas protestas. Pero, ¡ay de mí!, se había ido, y había cerrado la puerta detrás de él como si cerrara el resorte de una trampa.

No estoy segura de cuánto tiempo permanecí encogida en aquel minúsculo, oscuro agujero. Me despertó un golpe en la puerta. Sorprendida, murmuré:

—Entre.

La puerta se abrió. De pie había un increíble marinero, decrépito y viejo, con un andrajoso bonete cubierto de alquitrán entre sus nudosas y temblorosas manos.

—¿Sí? —logré articular.

—Señorita, su baúl está aquí.

Miré más allá de la puerta al voluminoso perfil del baúl.

Enseguida comprendí que sería absurdo siquiera intentar meterlo en mi camarote.

El marinero lo entendió:

—Es demasiado grande, ¿no? —dijo.

—Eso creo —tartamudeé.

—Mejor será ponerlo en la bodega superior —sugirió—. Justo debajo. Siempre puede bajar a recoger sus cosas allí, señorita.

—Sí, la bodega superior —repetí sin saber qué estaba diciendo.

—Muy bien, señorita —dijo el hombre, y se quitó su bonete en señal de obediencia y complacencia ante una propuesta que había hecho él mismo. Pero en vez de irse se quedó ahí de pie.

—¿Sí? —pregunté tristemente.

—Le ruego me perdone, señorita —murmuró el hombre, con la mirada más avergonzada que nunca—. Mi nombre es Barlow y aunque no es asunto mío ni estoy en posición de decírselo, señorita, algunos otros marineros me han pedido que le advierta de que no debería estar en este barco. Sola no. No en este barco. No en este viaje, señorita.

—¿Qué quiere decir? —le pregunté, asustada de nuevo—. ¿Por qué dicen eso?

—Su estancia aquí no puede traer nada bueno, señorita. Nada en absoluto. Usted estaría mejor lejos del *Halcón del mar.*

Aunque estaba de acuerdo con él con todo mi ser, mi educación —no estaba bien que un hombre de su baja posición se atreviera a aconsejarme *nada*— salió a relucir. Me erguí:

—Señor Barlow —dije con aspereza—, ha sido mi padre quien lo ha preparado todo.

—Muy bien, señorita —dijo, quitándose el bonete de nuevo—. Yo he cumplido con mi misión, que es para lo que se me había elegido.

Y, antes de que pudiera decir nada más, se escabulló.

Quise salir corriendo detrás de él, y gritar: sí, por amor de Dios, sáquenme de aquí. Pero ni una sola parte de mí hubiera permitido ese comportamiento.

De hecho, me quedé allí, desesperada y decidida a no abandonar mi camarote hasta que llegáramos a América.

Cerré la puerta firmemente. Pero al hacerlo dejé la habitación completamente a oscuras, así que me giré con rapidez para dejarla entreabierta.

Estaba exhausta y deseando sentarme. Pero, ¡no había sitio para sentarse! Mi siguiente idea fue tumbarme. Tratando de no pensar en los posibles bichos, me dirigí hacia la cama, pero con mi falda me resultaba muy alta. De repente me di cuenta de que ¡necesitaba aliviarme! Pero, ¿dónde podía ir? ¡No tenía la más remota idea!

Si el lector fuera tan amable de recordar que nunca, ni un solo momento, durante toda mi vida, había estado sin el apoyo, el consejo y la protección de mis mayores, aceptaría mi palabra, sin ver en ella ninguna exageración, de que en ese momento me sentía como si me hubieran encerrado en un ataúd. Mi ataúd. No es de extrañarse, entonces, que me deshiciera en lágrimas de enfado, llorando de miedo, rabia y humillación.

Aún estaba encogida, llorando, cuando sonó otro golpe en la puerta de mi camarote. Mientras intentaba sofocar mi llanto, me giré y vi a un anciano hombre negro que, bajo la luz de la pequeña linterna que estaba sujetando, parecía la verdadera imagen de la muerte en busca de almas.

Su ropa, lo que podía ver de ella, resultaba aún más andrajosa que la del anterior marinero, lo que quiere decir que era en su mayor parte trapos y harapos. Sus brazos y piernas eran tan finos como cuchillos. Su cara, arrugada como una estrujada servilleta, estaba salpicada por una incipiente barba blanca. Su tieso pelo rizado era fino. Tenía los labios caídos. La mitad de sus dientes habían desaparecido. Cuando sonrió, o por lo menos asumí que estaba tratando de hacer eso, me ofreció sólo unos dispersos muñones. Sus ojos parecían brillar de curiosidad, lo que le hacía parecer muy amenazante.

—¿Sí? —conseguí articular.

—A su servicio, señorita Doyle —aquel hombre habló con una sorprendentemente voz suave y dulce—. Me pregunto si no querría usted un poco de té. Tengo mi propia reserva, y me gustaría ofrecerle un poco.

Aquello era la última cosa que esperaba oír.

—Es muy amable de su parte —tartamudeé sorprendida—. ¿Lo podría traer aquí?

El viejo negó suavemente con la cabeza:

—Si la señorita Doyle desea tomar el té, debe venir a los fogones, órdenes del capitán.

—¿Fogones?

—Cocina para usted, señorita.

—¿Quién es usted? —pregunté con desmayo.

—Zachariah —me contestó—. Cocinero, matasanos, carpintero y predicador de hombres y barcos. Y —añadió—, todas estas cosas para usted, señorita, en ese orden si aconteciera la triste necesidad. Entonces, ¿tomará el té?

La verdad es que la imagen del té era extraordinariamente reconfortante; un recordatorio de que el mundo que yo conocía no se había desvanecido por completo. No pude resistirme:

—Muy bien —dije—. ¿Me guiará a la... cocina?

—Cuente con ello —fue la respuesta del viejo marinero.

Alejándose de la puerta, sostuvo en alto su linterna. Salí de mi camarote.

Empezamos a caminar por el pasillo a la derecha, luego subimos un corto tramo de escalones, al combés del barco –la cubierta baja entre el castillo y el alcázar. Aquí y allá brillaban linternas; mástiles, vergas y jarcias perfilaban vagamente el oscuro contorno de la red en la que me sentía cazada. Me estremecí.

El hombre llamado Zachariah descendió por otro tramo de escalones hacia una amplia sala. En la penumbra pude distinguir velas amontonadas, así como jarcias extras, todo caótico e increíblemente sucio. A un lado vi una pequeña habitación. El viejo se encaminó hacia ella, en la entrada se detuvo y señaló una pequeña puerta adyacente que no había visto.

—La letrina, señorita.

—¿La qué?

—El excusado.

Mis mejillas enrojecieron. Pero, aun así, nunca me había sentido, en secreto, tan agradecida. Sin decir una palabra me apresuré a entrar. Regresé en unos minutos. Zachariah me estaba esperando pacientemente. Sin más entró en la cocina. Le seguí con cierta reserva y me detuve en el umbral para observar. Gracias a la luz de su parpadeante linterna pude ver una diminuta cocina al completo con armarios, estufa de leña, incluso una mesa y un pequeño banco. El espacio, aunque pequeño, estaba muy ordenado, con utensilios repartidos por los huecos y esquinas. Los cuchillos colocados en su sitio. Y un número idéntico de cucharas y tenedores. Vasos, cazos, tazas, sartenes. Todo lo necesario.

El viejo se dirigió a la estufa donde había una tetera lo suficientemente caliente como para que saliera vapor.

Sacó una taza de uno de los estantes, la llenó de un aromático té y me la ofreció. Al mismo tiempo me indicó el banco.

Por nada del mundo, sin embargo, hubiera avanzado más. Aunque entumecida y cansada, preferí permanecer donde estaba. Sin embargo, probé el té y me sentí mucho más reconfortada.

Mientras me lo tomaba, Zachariah me miró:

—Podría suceder —dijo suavemente— que la señorita Doyle tenga necesidad de un amigo.

Dada la grosería de la sugerencia, viniendo de donde venía, preferí ignorarla.

—Puedo asegurarle —dijo con una leve sonrisa— que Zachariah puede ser un buen amigo.

—Y yo puedo asegurarle —le contesté— que el capitán se encargará de mis necesidades sociales.

—Ah, pero usted y yo tenemos mucho en común.

—No lo creo.

—Sí, lo tenemos. ¡La señorita Doyle es tan joven! ¡Y yo soy tan viejo! Seguro que hay algo parecido en eso. Además usted es la única niña y yo el único negro; sin duda, en este barco somos especiales. Ve usted, en un momento, hemos encontrado dos cosas en común, más que suficiente para iniciar una amistad.

Miré hacia otro sitio.

—No necesito un amigo —dije.

—Uno, al final, siempre necesita un amigo.

—*¿Al final?*

—Alguien para coser la hamaca —me contestó.

—No le entiendo.

—Cuando un marinero muere navegando, señorita, un amigo lo prepara para que descanse en el mar: lo envuelve en su hamaca.

Me tragué el té de golpe, le devolví la taza y me puse en marcha.

—Señorita Doyle, por favor —dijo suavemente, cogiendo la taza pero manteniendo la mirada clavada en mí—. Tengo otra cosa que darle.

—No más té, por favor.

—No, señorita. Es esto —y diciéndolo, sacó un cuchillo.

Salté hacia atrás dando un grito.

—¡No, no! Señorita Doyle. ¡No me malinterprete! Sólo quiero darle el cuchillo para su protección, en caso de que lo necesite —colocó una funda de madera en la hoja y me lo entregó.

El cuchillo era, como llegué a saber, lo que llaman un estilete, una pequeña daga de poco más de quince centímetros de largo desde su mango blanco, donde estaba grabado el dibujo de una estrella, hasta su punta, afilada como una aguja. Horrorizada, sólo fui capaz de negar con la cabeza.

—La señorita Doyle no sabe lo que puede pasar —me alentó, como si estuviera sugiriendo que podría llover en una merienda en el campo y él me estuviera ofreciendo algo para cubrirme la cabeza.

—No entiendo nada de cuchillos —susurré.

—Un barco navega con cualquier tipo de vela que encuentre —murmuró—. Cójalo, señorita. Téngalo a mano.

Diciendo eso, cogió mi mano y cerró mis dedos sobre el cuchillo. Acobardada, lo guardé.

—Sí —dijo con una sonrisa, dándome unos golpecitos en los dedos—. Ahora, señorita Doyle, puede volver a su camarote. ¿Se acuerda del camino?

—No estoy segura...

—La guiaré.

Me condujo hasta mi puerta. Una vez dentro, rápidamente escondí el estilete debajo del delgado colchón (decidida a no volver a verlo nunca) y, no sé cómo, conseguí meterme en la cama. Completamente vestida, traté de descansar; y dormité hasta que me despertó un portazo: la puerta de mi camarote se columpiaba de atrás hacia delante (oxidadas bisagras chirriantes) con el suave balanceo del barco.

En ese momento escuché:

—La única que conseguí que viniera, señor, fue la chica Doyle. Y, con todos ellos mirando, tuve que hacer un poco de teatro para demostrar que quería mantenerla alejada.

—Muy bien, señor Keetch. Si sólo tenía que venir uno, ella es nuestra carta. Teniéndola como testigo, no se atreverán a moverse. Estoy muy satisfecho.

—Gracias, señor.

Las voces se desvanecieron.

Durante un rato traté de comprender lo que había escuchado, pero me di por vencida. Entonces, durante lo que pareció una eternidad, me tumbé mientras oía cómo el *Halcón del mar*, sacudido por el incesante oleaje, se balanceaba y gruñía como una persona acosada por diabólicas pesadillas.

Al final conseguí dormirme, y los sueños del barco se fundieron con los míos.

Capítulo 3

Cuando me desperté a la mañana siguiente en mi estrecha cama, completamente vestida, comprendí algo de repente, aquel no era sitio para una señorita. Sólo con cerrar los ojos, podía imaginarme a mi padre decir esas mismas palabras.

Pero mientras permanecía echada, sacudida por el mismo vaivén que me acompañó mientras me dormía —di por hecho que era el movimiento habitual de un barco amarrado al muelle—, me acordé de que el señor Grummage dijo que el *Halcón del mar* tenía prevista su salida con la primera marea de la mañana. Aún tenía tiempo. Pediría que me dejaran irme, y de alguna manera —no me preocupaba cómo— conseguiría regresar a la escuela Barrington. Podía estar tranquila en manos de la señorita Weed. Ella tomaría las medidas oportunas.

Una vez tomada esa decisión, me incorporé con tanta energía que me golpeé la cabeza con el techo. Escarmentada para la siguiente vez, me puse de pie en el suelo del camarote. Descubrí que apenas me podía mantener, mis piernas eran como de goma, caí de rodillas. Pero, estaba tan desesperada que nada podía detenerme. Apoyándome en las paredes, conseguí salir del camarote, caminar por el oscuro y estrecho entrepuente, y subir los escalones hacia el combés, sólo para llevarme el susto de mi vida.

Por todas partes veía grandes lonas grises: todas las velas estaban desplegadas, desde la mayor al sobrejuanete, desde la petifoque a la cuchillo. Más allá de las velas, se perfilaba el cielo, azul como los ojos más azules de un bebé, mientras que el mar verde, coronado por capuchones de blanca espuma, se acercaba con implacable velocidad. El *Halcón del mar* estaba en el mar. ¡Debíamos de haber zarpado de Liverpool horas atrás!

Mientras comprendía lo que había sucedido, el *Halcón del mar*, como si quisiera ofrecerme una última confirmación, dio una cabezada y se balanceó. Me invadieron las náuseas. Me estalló la cabeza.

Más débil que nunca, me marché de allí en busca de consuelo. Durante un fugaz y horrible segundo tuve la impresión de estar sola en el barco. Hasta que me di cuenta de que estaba siendo estudiada con grosera curiosidad. De pie sobre el alcázar había un hombre de cara enrojecida, cuya ligera joroba y poderosos anchos hombros le hacían parecer siempre alerta, efecto acentuado por sus ojos, oscuros y hundidos, parcialmente ocultos por arrugadas cejas.

—Señor… —llamé débilmente—. ¿Dónde estamos?

—Estamos avanzando por el mar de Irlanda, señorita Doyle —replicó el hombre ásperamente.

—Yo... yo... yo no debería estar aquí —logré decir. Pero el hombre, indiferente a mis palabras, se limitó a girarse y alcanzó de un montante una campana situada en la cabecera del alcázar. Tiró con fuerza y firmeza tres veces del badajo.

Mientras trataba de evitar caerme en la cubierta, nueve hombres aparecieron de repente en el combés, por debajo y también por arriba, por delante y también por detrás. Todos vestían el típico traje de los marineros: calzas y camisas de lona. Unos pocos tenían botas, mientras que otros iban descalzos. Uno o dos llevaban bonetes cubiertos de alquitrán, otros gorras de paño rojo. Dos llevaban barba. Un hombre tenía el pelo largo y un anillo en su oreja izquierda. Sus caras estaban oscurecidas por el sol y el alquitrán.

Eran los hombres más patéticos que había visto en mi vida: expresión sombría, postura derrotada, nada, excepto resentimiento, en la mirada. Parecían haber sido reclutados en la puerta del infierno.

Reconocí al marinero que me había dado el aviso la noche anterior. Pero no me prestó atención. Y cuando busqué al hombre que se hacía llamar Zachariah, lo encontré asomado debajo de la cubierta del castillo, tan poco interesado por mí como el resto. Todos ellos estaban mirando a otra parte. Me moví para seguir su mirada.

Al hombre de los hombros anchos se le había sumado otro. Mi corazón saltó alegremente de agradecimiento y alivio nada más verlo. Por su refinado abrigo, su sombrero de copa de piel de castor, sus lustrosas botas negras, su perfecto y cincelado semblante, la dignidad de su porte… supe enseguida, sin que nadie me lo dijera, que ése debía de ser el capitán Jaggery. Y bastaba mirarlo para saber que era un caballero, el tipo de hombre al que estaba acostumbrada. Un hombre en quien confiar. En definitiva, un hombre con el que podría hablar y con el que podría contar.

Pero antes de que pudiera serenarme lo suficiente para acercarme, el capitán Jaggery se giró hacia el hombre que había tocado la campana y oí decirle:

—Señor Hollybrass, nos falta un marinero.

El señor Hollybrass —estaba a punto de descubrir que era el primer oficial— miró desdeñosamente a los hombres reunidos abajo. Después le contestó:

—El segundo oficial hizo todo lo que pudo, señor. No consiguió nadie más dispuesto a enrolarse. Por nada del mundo.

El capitán frunció el ceño. Y dijo:

—Entre todos tendrán que cubrir el puesto vacante. No permitiré que no lo hagan. Pídales a los hombres que le digan sus nombres.

Hollybrass asintió brevemente, dio un paso adelante y se dirigió al grupo de hombres:

—Díganme sus nombres —bramó.

Uno por uno los marineros se arrastraron un paso adelante, levantaron sus cabezas, se quitaron sus gorras y dijeron sus nombres, pero de nuevo en la fila se abandonaron en derrotadas posturas.

—Dillingham.

—Grimes.

—Morgan.

—Barlow.

—Foley.

—Ewing.

—Fisk.

—Johnson.

—Zachariah.

Cuando terminaron, Hollybrass dijo:

—Su tripulación, capitán Jaggery.

Al principio el capitán no comentó nada. Se limitó a estudiar a los hombres con una mirada de desdén, actitud que, dado que la compartía, me hizo respetarlo más aún.

—¿Quién es el segundo oficial? —le oí preguntar.

—El señor Keetch, capitán. Está al timón.

—Ah, sí —contestó el capitán—, el señor Keetch. Lo tenía que haber adivinado —estudió la fila de marineros, sonrió con sorna—. Y, ¿dónde está el señor Cranick?

—¿Señor? —dijo Hollybrass, claramente desconcertado.

—Cranick.

—No conozco ese nombre, señor.

—Una bendición inesperada —dijo el capitán, de forma no obstante cortés. Todo esto fue dicho suficientemente alto para que lo oyera la tripulación, y yo.

El capitán Jaggery dio un paso al frente.

—Bien, entonces —dijo con voz clara y firme—, es un placer verlos a todos ustedes de nuevo. Aprecio el detalle de que se hayan enrolado de nuevo conmigo.

Creo que nos conocemos lo suficiente para que cada uno sepa qué esperar del otro. Eso hace las cosas más fáciles.

Su voz decidida era vigorizante. Me sentí reconfortada.

—No tengo el menor deseo de volver a hablar con ninguno de ustedes —continuó el capitán—. El señor Hollybrass, como primer oficial, será mi voz. También el señor Keetch, segundo oficial. La separación hace una cumplidora tripulación. Una tripulación cumplidora hace un buen viaje. Un buen viaje significa beneficio, y el beneficio, mis amables caballeros, hace girar el mundo. Pero —continuó Jaggery, y su voz se alzó con el viento—, les aviso —se inclinó sobre la barandilla igual que había visto a profesores inclinarse sobre estudiantes revoltosos—. Si ustedes me dan menos, un dedo de menos, de lo que se han comprometido a hacer, me tomaré lo que se me debe. No se equivoquen, les aseguro que lo haré. ¿Saben lo que quiero decir, no? No, no tendremos democracia aquí. Ni parlamentos. Ni congresos. Sólo hay un amo en este barco y ése soy yo.

Diciendo eso se volvió hacia su primer oficial:

—Señor Hollybrass.

—¿Señor?

—Deles una ración extra de ron como gesto de buena voluntad para tener una travesía agradable y rápida. Haga saber que conozco el viejo dicho: No hay barco que navegue dos veces por el mismo mar.

—Muy bien, señor.

—Puede darles permiso para retirarse —dijo el capitán.

—Retírense —repitió el primer oficial.

Por un momento nadie se movió. El capitán continuó mirando fijamente a los hombres, pero luego, lentamente, con un gesto muy estudiado, les volvió la espalda.

—Retírense —dijo Hollybrass de nuevo.

Una vez que se hubo retirado la tripulación, murmuró algunas palabras al capitán Jaggery, los dos se estrecharon las manos y el primer oficial bajó del alcázar. El capitán se quedó solo. Mirando de vez en cuando a lo alto, hacia las velas, empezó a pasear de arriba abajo casi ociosamente, con las manos entrelazadas en la espalda, profundamente concentrado.

Mientras, yo luchaba contra el cabeceo del barco, agarrada a la barandilla. Pero había recobrado la esperanza. No había sido abandonada. Ver al capitán Jaggery me convenció de que había regresado a mi mundo.

Reuniendo toda la fuerza y coraje que me quedaban, subí los escalones del alcázar. Cuando llegué arriba, el capitán se estaba alejando. Agradecí la momentánea pausa y permanecí donde estaba, luchando contra las náuseas que sentía, concentrándome en mis encantos femeninos para hacer la mejor presentación posible: me aseguré de que mi cabello, mi mayor atractivo, cayera perfectamente (a pesar de la brisa) por la espalda.

Al fin se dio la vuelta. Sus severos ojos se detuvieron un momento en mí y luego... sonrió. Era una sonrisa *tan* amable que mi corazón se derritió. Estaba a punto de derramar (creo que llegué a hacerlo) lágrimas de gratitud.

—¡Ah! —dijo con irreprochable cortesía—, señorita Doyle, nuestra joven pasajera —levantó su alto sombrero saludando formalmente—. Capitán Andrew Jaggery a su servicio —se inclinó con una reverencia.

Di un paso tembloroso hacia él y, a pesar de mi debilidad, traté de devolver la reverencia.

—Por favor, señor —susurré en mi más modesto tono de señorita—, mi padre no me querría en este barco, con esta compañía. Debo regresar a Liverpool. Con la señorita Weed.

El capitán Jaggery sonrió radiantemente, y se rió, con una seductora risa masculina.

—¿Volver a Liverpool, señorita Doyle? —dijo—. Eso es imposible. El tiempo, como dicen, es dinero. Y en ningún otro lugar es más cierto que a bordo de un barco. Estamos en marcha y así continuaremos. Si es la voluntad de Dios, no debemos tocar tierra hasta que lleguemos a nuestro destino. Siento mucho que se vea rodeada de hombres tan groseros. Sé que está acostumbrada a algo mejor. Ha sido imposible evitarlo. Pero no se preocupe, en un mes, no más de dos, la dejaremos a salvo en Providence, intacta, a excepción de un poco de sal en ese cabello tan bonito. Mientras tanto, le prometo que cuando se haya recuperado, puedo ver por su palidez que está ligeramente mareada, la invitaré a tomar el té en mis aposentos. Usted y yo seremos amigos.

—Señor, yo no debería estar aquí.

—Señorita Doyle, tiene mi palabra. No le pasará nada. Además, se dice que la belleza de una niña, de una mujer, puede mantener a la tripulación en un estado civilizado, y creo que un poco de eso les vendrá bien a estos hombres.

—Me siento tan mal, señor —dije.

—Es lo normal, señorita Doyle. En unos días pasará. Ahora, si me perdona. El deber me llama.

Dándose la vuelta, se encaminó a la popa donde el segundo oficial permanecía en el timón.

Frenada por su cortés pero determinante rechazo a mi petición, y sintiéndome incluso más débil que antes, conseguí, no sé cómo, llegar a mi camarote.

Me arrastré a la cama como pude. Y una vez allí debí de caer en algún tipo de sopor. Me quedé tumbada, demasiado enferma, demasiado débil para hacer nada, convencida de que nunca más me volvería a levantar.

De vez en cuando sentía una áspera, delgada pero delicada mano debajo de mi cabeza. Al abrir los ojos, veía la arrugada cara negra de Zachariah cerca de mí, murmurando tiernas y reconfortantes palabras, dándome de beber grog caliente o té —no podía distinguir cuál de ellos— como si fuera un bebé. De hecho, era un bebé.

Ocasionalmente aparecía la cara del capitán Jaggery, un tierno y bien recibido gesto de simpatía. Creo, realmente, que fue su imagen, más que otra cosa, la que me mantuvo viva. Sufrí auténticos y terribles dolores de estómago, y horribles dolores de cabeza. Incluso mis sueños eran perseguidos por fantasmales visiones. Eran tan reales, que una vez me desperté y encontré el cuchillo de Zachariah en mi mano. Debí haberlo sacado de debajo de mi colchón y lo estaba blandiendo contra algún diablo imaginario... Oí un ruido. Miré al otro lado del camarote. Había una rata sentada en mi diario, mordisqueando el lomo. Horrorizada, le arrojé el cuchillo, enterré mi cabeza bajo la colcha, rompí a llorar y no paré hasta que me dormí de nuevo.

El mal momento pasó. A la larga fui capaz de dormir en paz. No estoy segura de cuánto tiempo dormí. Pero finalmente desperté.

Capítulo 4

Cuando volví a despertar, al oír cuatro campanadas, no tenía idea de si había dormido uno o siete días. Sólo sabía que estaba hambrienta. Y que me sentía sucia. Necesitaba desesperadamente respirar aire fresco.

Me puse en pie y descubrí con alegría que mis piernas, al cabo de un rato, se sostenían. Pero, al acercarme hacia la puerta tropecé con algo. Estuve a punto de caerme. Me agaché para investigar, y descubrí que había pisado el puñal. Cuando me acordé de por qué lo había sacado de su escondite, decidí devolverlo inmediatamente.

Así que, con el puñal en la mano, abandoné mi camarote y subí por la escalera a cubierta, esperando ser recibida por la misma relumbrante escena de cielo, velas y mar que la primera vez que me aventuré en cubierta. Aunque el *Halcón del mar* cabeceaba y se balanceaba, crujía y gruñía, sus velas caían flácidamente. El cielo también había cambiado; estaba encapotado, la pesada humedad enseguida me mojó la cara, aunque no sentí nada que pudiera llamarse lluvia. En cuanto al mar, casi tenía el mismo color que el cielo, un amenazante gris. Aún así estaba en constante movimiento; su superficie oscilaba como el pecho de un enorme e inquieto durmiente.

Miré a mi alrededor. Algunos marineros estaban trabajando con los cabos o fregando las cubiertas con pesadas piedras. Ni su sombrío silencio ni sus sucias ropas resultaban tranquilizadoras. Me di cuenta de que uno de ellos, Dillingham de nombre, me estaba mirando fijamente. Era un hombre barbudo, calvo y gordo como un tonel, con unos enormes puños, y una perenne expresión malhumorada. De repente, comprendí que no me miraba a mí sino al puñal que llevaba en la mano.

Me giré con brusquedad, y traté de esconderlo entre los pliegues de mi falda. Cuando miré de reojo, por encima del hombro, vi que se había marchado. Y recordé que había subido a cubierta para devolverle el puñal a Zachariah.

Intentando que los otros marineros no vieran lo que tenía, me encaminé deprisa a la cocina. Afortunadamente, Zachariah estaba allí. De pie en el umbral, murmuré:

—Buenos días.

El anciano se giró:

—¡Ah! Señorita Doyle —exclamó—. Estoy muy contento de verla. Y también encantado de que haya encontrado sus, como dicen los marineros, piernas de mar.

—Señor Zachariah —dije, débilmente y sin resuello, pero tendiéndole el puñal—. Cójalo. No lo quiero.

Hizo como que no me escuchaba.

—¿Querrá la señorita Doyle tomar un poco de té?

Continué parada, con el puñal en la mano.

—Señor Zachariah, por favor.

—Venga —dijo—, haga lo mismo que hacen en las casas importantes. Entre, beba y coma. Cuando uno recupera sus piernas, aún tiene un estómago al que contentar. Después, quizá, hablaré con la señorita Doyle sobre mi regalo.

No estaba segura de qué hacer. Me decidí al oler la comida:

—Estoy hambrienta.

Inmediatamente alcanzó una caja de metal y sacó lo que parecía una aplastada masa dura.

—¿Querría un poco de esto? —preguntó como si me estuviera ofreciendo una exquisitez.

Arrugué la nariz.

—¿Qué es?

—Galletas de munición. El pan de los marineros. Venga, señorita Doyle, siéntese.

Aunque la comida parecía repugnante, tenía demasiada hambre. Di un paso adelante, me acomodé en el banco y cogí la endurecida pasta. Entre tanto, metí el cuchillo en el bolsillo de mi vestido.

Mientras comía —una tarea nada fácil, ya que la galleta estaba dura como una piedra y apenas tenía sabor—, Zachariah preparó el té.

—¿Cuánto tiempo he estado enferma? —pregunté.

—Hasta hoy cuatro días.

Tras un momento de silencio, le dije:

—Deseo agradecerle que haya cuidado de mí durante este tiempo,

Se dio la vuelta y sonrió:

—Zachariah y la señorita Doyle son amigos.

Temiendo que se estuviera tomando demasiadas libertades, cambié de tema.

—¿Sería posible —pregunté—, bajar a donde está mi baúl? Necesito coger algo de ropa limpia y también mis libros.

—Para eso —dijo—, necesita hablar con el señor Hollybrass— y me ofreció una taza de té.

La tomé y di un sorbito. Después de un momento, dije:

—Señor Zachariah, cuando termine el té, tengo intención de dejarle el puñal.

El anciano me miró con atención.

—Señorita Doyle —se llevó la mano al corazón—, créame. Puede que lo necesite.

—¿Para qué? —dije, con desmayo.

—Un barco, señorita Doyle... es una nación en sí misma.

—Señor Zachariah...

—Los países, señorita Doyle, tienen reyes y emperadores...

—Y presidentes —añadí, como fiel americana que era.

—Sí, y presidentes. Pero cuando un barco está en la mar, sólo manda una persona. Como Dios es a su pueblo, el rey a su país, el padre a su familia, así es el capitán a su tripulación. Alcaide. Juez y jurado. Él lo es todo.

—*¿Todo*? —dije.

—Sí, señor —contestó solemnemente—, y verdugo también si llegáramos a eso. Ahora, señorita Doyle, si hubo una vez señor de un barco, ése es nuestro capitán Jaggery. La vi sobre la cubierta el primer día. ¿Escuchó sus palabras?

Me erguí.

—Señor Zachariah —repliqué—, el capitán es un caballero.

—¿Así lo piensa?

—Lo sé.

Por un momento Zachariah se limitó a mirarme fijamente con curiosidad. Después se volvió y se ensimismó en sus fogones.

—Señor Zachariah, ¿para qué necesito el puñal?

Cuando hizo una pausa en su tarea, pude notar que estaba tratando de decidir qué responder. Después de un momento se giró hacia mí:

—Señorita Doyle —dijo. En cuanto habló, lanzó una mirada de reojo a la puerta, cautelosamente se inclinó y bajó la voz—. Hace un año, señorita Doyle, en este mismo barco, el *Halcón del mar,* un pobre marinero sufrió la ira del capitán, el juicio del capitán, la furia del capitán.

—Señor Zachariah, no quiero oír detalles personales...

—La señorita Doyle ha preguntado —contestó, interrumpiéndome—, ahora debe escuchar. Aquel pobre marinero se llamaba Cranick.

—¿Cranick? —dije—, ¿no preguntó el capitán al señor Hollybrass por él?

—Ah, así que sí escuchaba.

—¿Qué pasa con él? —pregunté, lamentando ya haber pedido una explicación.

—El señor Cranick no era santo de la devoción del capitán Jaggery. Así que castigó al señor Cranick. Lo castigó duramente.

—Estoy segura que este... señor Cranick se lo merecía.

Zachariah ladeó la cabeza hacia un lado.

—Señorita Doyle, ¿usted cree en la justicia?

—Soy americana, señor Zachariah.

—¡Ah! ¿Justicia para todos?

—Para aquellos que lo merecen.

—El capitán Jaggery dijo que el brazo del señor Cranick era suyo por derecho. Señorita Doyle, así que ahora el señor Cranick sólo tiene un brazo. El señor Jaggery le golpeó tantas veces que, como él mismo dijo, cogió el brazo que le pertenecía. Primero fui el cirujano del señor Cranick, luego su carpintero.

Horrorizada, salté del banco.

—No le creo —exclamé—. Se hace un pobre servicio a la justicia cuando uno habla mal de sus superiores —era una frase que había oído a mi padre utilizar muchas veces.

—Tanto si me cree, como si no me cree, señorita Doyle, es la verdad —dijo, echándose a un lado para bloquearme la salida.

Le di la espalda.

—Una vez en tierra —continuó en el mismo tono—, toda la tripulación, todos y cada uno de esos marineros, pidieron al tribunal del almirantazgo que procesara al capitán. No sirvió de nada, señorita Doyle. De nada. Jaggery se libró. Lo único que necesitó decir fue que el señor

Cranick se negó a cumplir una orden, y no recibió ni una sola palabra de censura. Por desgracia, es algo habitual. Nunca he visto a un capitán procesado. ¡Ah! —Zachariah prosiguió—, pero el capitán tuvo que embarcar de nuevo. Navegar es su vida. Tiene que mantener su reputación, sus veloces travesías le suponen muchos beneficios. Pero para navegar, incluso Jaggery, necesita marineros...

—Señor Zachariah, debo rogarle que se ciña...

—Pero Andrew Jaggery no pudo encontrar ni un solo marinero que firmara con el *Halcón del mar*. Todos estaban avisados.

Tan pronto como lo dijo me acordé de los hombres del muelle de Liverpool que habían huido; uno después de oír el nombre del capitán, el otro después de ver el *Halcón del mar*.

Al instante me giré y le pregunté:

—Pero, señor Zachariah, ¿y estos hombres?

—¿Los de este barco?

—Sí.

—Señorita Doyle, sólo he dicho que ningún hombre nuevo quiso enrolarse.

De repente empecé a entender:

—¿Ésta es su antigua tripulación?

Sus ojos se clavaron en mí, asustándome.

—¿Los del *Halcón del mar*? —pregunté.

Asintió.

—El único nuevo es el señor Hollybrass —luego añadió—: Y el señor Cranick que no pudo incorporarse.

Me quedé mirándole un momento y con un esfuerzo supremo pregunté:

—Si el capitán Jaggery era tan cruel, ¿por qué se han embarcado de nuevo?

Zachariah se inclinó hacia mí:

—Venganza —susurró.

—¿Venganza? —repetí vagamente.

El anciano asintió.

—Por eso le di el puñal.

Automáticamente me llevé la mano al bolsillo.

—Ellos —bajó la voz mientras señalaba la cubierta con un movimiento de cabeza—, conocen el nombre de su padre. Saben que el capitán trabaja para él. Han asumido que usted permanecería...

—Señor Zachariah —le interrumpí con un hilo de voz—, siento un gran respeto por el capitán.

—Exactamente.

Por un momento ninguno de los dos habló.

Luego Zachariah preguntó:

—¿Dónde guardó el puñal que le di?

—Debajo de mi colchón.

—Señorita Doyle, se lo ruego, déjelo allí.

En ese mismo instante, un ruido nos sobresaltó. Miramos a nuestro alrededor. Era el señor Hollybrass, mirándonos, con sus peludas cejas, como si fuera un espía; su semblante reflejaba el disgusto que le producía vernos tan juntos.

—Señorita Doyle —dijo el primer oficial—. El capitán Jaggery le presenta sus respetos. ¿Sería tan amable de tomar el té en sus aposentos?

Capítulo 5

Nunca había visto semejante descaro. Que ese tal Zachariah, un infeliz, un cocinero, me hubiera contado una calumniosa historia de violencia y crueldad sobre el capitán Jaggery, como si fuera una confidencia, era profundamente mortificante. Desde luego no le creía, no le podía creer. Puede imaginar el alivio que sentí al ser rescatada por el señor Hollybrass.

Me apresuré a seguir al primer oficial desde la cocina al camarote del capitán, en el extremo más lejano del puente, bajo las miradas siempre vigilantes de la tripulación, con la cabeza alta, mientras me arreglaba el traje y el cabello lo mejor que podía. Más de una vez toqué el puñal que permanecía escondido en mi bolsillo. Había decidido entregárselo al capitán.

No sabía si debía o no contar al capitán lo que acababa de escuchar, era un tema más delicado. Me sentía incómoda al confesar que se habían dirigido a mí de una forma tan ofensiva. Pero no hablar de ello parecería traición.

Antes de que pudiera tomar una decisión, el señor Hollybrass llamó a la puerta del capitán, y después de oír "¡Entren!", la abrió. Di un paso adelante.

Todos los sitios que había visto a bordo del *Halcón del mar* tenían un aspecto ordinario y tosco, sin la menor pizca de delicadeza. El camarote del capitán era un mundo aparte.

Era tan extenso como el ancho del *Halcón del mar*. Y descubrí que podía ponerme en pie y aun así tener sitio de sobra. Las paredes estaban recubiertas de lujosos paneles y de ellas colgaban miniaturas y bellos grabados pastoriles de la querida Inglaterra. En la pared de atrás, en la popa del barco, había una hilera de ojos de buey y debajo un precioso sofá. En babor había una cama. Frente a la pared de estribor había un escritorio con cartas de navegación cuidadosamente apiladas, e instrumentos náuticos en cajas de terciopelo. Al lado del escritorio había un armarito de hierro, que parecía una caja fuerte como la de mi padre. En la otra esquina vi un tablero de ajedrez, con las piezas listas para una partida. Finalmente, una mesa, con algunas sillas alrededor, había sido dispuesta con un servicio de té de plata.

Si no hubiera habido crujidos y gemidos de madera, sacudidas de jarcias y cadenas y silbidos de olas, podía haber olvidado que estábamos en el mar.

El toque final de esa elegante escena era el capitán Jaggery, sentado en uno de los dos sillones tapizados del camarote, vestido de etiqueta, con un libro abierto sobre sus rodillas. Me fijé y vi que era la Biblia. Cuando entré se levantó e hizo una elegante reverencia.

¿Podía haber mayor contraste con mi encuentro con Zachariah? Estaba encantada.

—Señorita Doyle —me dijo—, qué amable por haber venido a verme.

Deseando presentarme de la mejor forma posible, me adelanté con una mano extendida. La cogió elegantemente. Luego se volvió hacia su primer oficial:

—Señor Hollybrass —dijo enérgicamente—, eso será todo...

El señor Hollybrass saludó y se retiró.

—Señorita Doyle —continuó el capitán Jaggery con una cortes sonrisa, mientras cerraba cuidadosamente la Biblia—. ¿Será tan amable de sentarse? —dijo señalando el otro sillón tapizado.

—Gracias —respondí, emocionada ante el trato exquisito.

—Parece sorprendida —dijo— de encontrar objetos tan elegantes en mi camarote.

Al verme descubierta me sonrojé.

—Resulta muy agradable —admití.

—Es muy cortés por su parte que lo valore —dijo tranquilamente—. No es muy frecuente tener a bordo a alguien de gusto refinado, como usted. Me temo que una tripulación como la mía tiene poco aprecio por el buen gusto o, ¡ay de mí!, la disciplina. Pero usted y yo, la gente de nuestra clase, sabemos cuáles son los placeres de la vida, ¿no?

De nuevo me sonrojé, esta vez de placer.

—¿Puedo —dijo— ofrecerle un poco de té?

Yo estaba hasta arriba de té, pero no iba a rechazarlo.

—¿Unas galletas? —me ofreció una lata de galletitas escocesas. Cogí una y la mordisqueé débilmente. Crujiente y de mantequilla. Deliciosa.

—Un barco como el *Halcón del mar* —continuó—, no está diseñado para la comodidad, sino para el comercio, para hacer dinero. Aún así lo hago lo mejor que puedo —se sirvió una taza de té.

—He sido informado —dijo regresando a su asiento—, de que se ha recuperado, lo que me ha llenado de alegría. Si me lo permite, señorita Doyle, debe pasear todo lo posible al aire libre. Pronto se sentirá bien, mejor incluso que antes.

—Gracias, señor.

—Es una pena que esas otras dos familias no hayan podido embarcar. Hubieran hecho su viaje mucho más placentero. Y el mío.

—Sí, señor.

Sonrió.

—¿Sabe que tengo una hija?

—¿Ah sí?

Se levantó, descolgó un pequeño daguerrotipo de la pared y me lo enseñó. Mostraba la cara de una adorable niña pequeña, de ojos grandes y dulce boquita.

—Se llama Victoria. Sólo tiene cinco años. Algún día espero que ella y su madre viajen conmigo. Pero, por el momento, tiene una salud muy delicada.

—Es encantadora, señor —dije, tendiendo la mano hacia el daguerrotipo.

Lo retiró como si fuera incapaz de estar sin ella ni siquiera un momento.

—Si me permite la libertad de decirlo, señorita Doyle, usted y ella podrían ser adorables hermanas. La echo tanto de menos —su cariñosa mirada se posó sobre el retrato. Luego lo colgó de nuevo en la pared, sin dejar ni por un instante de mirar la cara de la niña. Se giró hacia mí:

—¿Está cómoda en su camarote? —me preguntó.

—¡Oh, sí, señor! —le aseguré.

—Un poco estrecho, sin duda.

—Sólo un poco.

—Señorita Doyle, le ofrezco la libertad del barco. Y para las comidas, puede unirse a mí cuando lo desee. No creo que encuentre a la tripulación de su gusto, por supuesto, pero no le costaría nada ser amable con ellos. La verdad es que les hará mucho bien.

—Es muy amable por su parte decirlo, señor —repliqué, agradeciendo el cumplido. La sinceridad con que me miraba era irresistible.

—Hable con ellos, señorita Doyle —me apremió—. Demuéstreles un poco de delicadeza. Léales de sus libros de moral. Si se anima, réceles el Evangelio. Escuche sus historias. Le prometo que llenarán su preciosa cabecita con los más fantásticos relatos.

—Estoy segura, señor —dije, pensando de nuevo en todo lo que me había contado Zachariah. El comportamiento del capitán durante el té era prueba suficiente de su bondad.

—Tengo entendido —continuó— que ya se ha hecho amiga del señor Zachariah.

Me incorporé:

—Ha sido un tanto presuntuoso.

—Estos marineros... —dijo el capitán con vaguedad—. Carecen de delicadeza. Tienen que aprender —me estudió durante un momento—. ¿Qué edad tiene usted?

—Trece, señor.

—Según tengo entendido, su padre es un oficial de la compañía propietaria de este barco.

—Sí, señor.

Sonrió.

—Bueno, una razón más para asegurarme que su estancia con nosotros sea lo más confortable posible. Me gustaría tener un buen informe por su parte.

—¡Oh, señor! —exclamé entusiasmada—, me aseguraré de no escatimar elogios. Parece usted tan...

—¿Sí?

—Me recuerda a mi padre —dije, sonrojándome de nuevo.

—¡Espero merecer ese cumplido! —exclamó, con tanto entusiasmo que no pude evitar sentirme complacida—. Señorita Doyle, perdone mi brusquedad, pero como vamos a ser amigos, ya somos amigos, ¿no?

—Me encantaría, señor.

—Y le recuerdo tanto a su querido padre...

—Así es, señor.

—Entonces, ¿puedo ser sincero con usted?

—Si así lo desea, señor —le contesté, halagada una vez más.

—Soy el primero en admitirlo: un barco, señorita Doyle, no es el sitio más adecuado para una joven y refinada señorita como usted. Y, dada la naturaleza de los marineros, el trabajo de un capitán no es nada fácil. Mucho me temo que son hombres sin alma. Es lo más frecuente entre los marineros. En ocasiones —continuó— le pareceré cruel. Créame, ojala pudiera conseguir que cumplieran con su deber con palabras amables. Pero así no me ganaría su respeto. No entienden lo que significa la amabilidad. Por el contrario, la ven como una debilidad. En vez de eso, exigen una mano dura, un latigazo, son como bestias estúpidas que necesitan sentirse amenazadas. Debo hacer lo que es mejor para el barco, para la compañía, para... su padre y para ellos mismos. Soy un hombre muy puntilloso, señorita Doyle. Sin disciplina sólo hay caos. El caos a bordo es como navegar sin timón. Y para el peligro... —señaló hacia la caja fuerte.

—¿Ve ese armarito?

Asentí.

—Tengo varios mosquetes. Todos cargados. Pero están bien guardados, la llave la tengo a salvo. Le doy mi palabra, señorita Doyle, no hay más armas a bordo que las mías.

—Ya estoy más tranquila, señor —repliqué, temblando.

—Usted y yo, señorita Doyle, nos entenderemos bien, ¿no es cierto?

—Oh, sí, señor. Estoy segura, señor.

—Estoy muy contento —exclamó—. Si algo le inquietara, le doy permiso para acudir a mí, señorita Doyle. Si algo la asustara o... si, por ejemplo, usted tuviera... cómo debo decirlo... miedo. Si oyera rumores... Esta tripulación, como todas las tripulaciones, protesta y se queja. ¿Usted va a la escuela? —preguntó de repente.

Asentí.

—Y aunque adore a su profesora y ella a usted, estoy seguro de que usted y sus compañeras en algún momento la criticarán.

—Eso me temo.

—Aquí sucede más o menos lo mismo, señorita Doyle. Todos somos amigos, pero... de vez en cuando alguien protesta. De hecho, tengo que pedirle su ayuda. Usted puede ser mis oídos y mis ojos entre los hombres, señorita Doyle. ¿Puedo contar con usted?

—Lo intentaré, señor.

—Si alguna vez usted viera algo como esto... —sacó de la Biblia un papel, en el que había dibujados dos círculos, uno dentro del otro, con lo que parecían firmas en el espacio de en medio.

Lo miré interrogante.

—Es una petición en círculo —dijo—. Los hombres firman de esa manera para que ningún nombre aparezca en la parte de arriba, o abajo. Es muy típico de ellos no asumir responsabilidades por sus acciones indisciplinadas. Es como un pacto.

—No le entiendo, señor.

—Señorita Doyle, aquellos que firman esta petición en círculo se comprometen a causar problemas. A mí. Y a usted. Si alguna vez usted viera un dibujo así en el barco, deberá decírmelo inmediatamente. Podría salvarnos la vida.

—Bien —dijo con energía, borrando la preocupación de su cara, mientras dejaba el papel a un lado—. La creo y nos haremos amigos rápidamente.

—¡Oh, sí, señor! —le aseguré.

Apuró su té:

—Ahora, ¿hay algo que pueda hacer por usted?

—Han guardado mi baúl, señor. Y me gustaría sacar de él algunos vestidos y mis libros.

—¿Querría que le subieran el baúl? —preguntó.

—Mi habitación es demasiado pequeña, señor. Había pensado bajar yo.

—Pediré a uno de los hombres que la acompañe.

—Gracias, señor.

—¿Algo más?

—Sí, señor.

-¿Qué es?

Saqué el puñal de mi bolsillo. Se sobresaltó.

—¿De donde ha sacado eso? —preguntó con severidad.

—No sé si debería decirlo, señor.

Su cara reflejó más gravedad.

—Señorita Doyle, ¿se lo ha dado uno de mis hombres?

Me acordé de la amabilidad de Zachariah durante mi primera noche a bordo. Desde luego, no me importaba nada aquel hombre negro; había sido muy desagradable desde entonces. Pero la severidad que se había deslizado en la mirada del capitán mientras me preguntaba me hizo reflexionar. No quería causarle problemas a Zachariah. Estaba segura de que tenía buena intención

—Señorita Doyle —dijo el capitán con firmeza—, me lo debe decir.

—El señor Grummage, señor —dejé escapar.

—No conozco a ese hombre.

—Es el caballero que me trajo al *Halcón del mar*, señor. Un socio de mi padre.

—¿De Liverpool?

—Creo que sí, señor. Un caballero.

—¡Vaya! —dijo, se inclinó hacia el puñal, mientras parecía relajarse. Se lo di. Comprobó su punta—. Un buen estilete —exclamó. Después, para mi sorpresa, me lo devolvió.

—Si se siente más segura, guárdelo… debajo de su colchón.

—Ahí lo tenía, señor. Pero no lo quiero.

—Creo que es mejor que se lo guarde.

—¿Por qué? —pregunté desmayadamente.

—Aunque espero que nunca lo necesite —replicó—. Insisto, de verdad.

Me volví a meter el puñal en el bolsillo de mi vestido, pero decidí arrojarlo al océano a la primera oportunidad.

El capitán Jaggery se rió, y me preguntó acerca de mi familia y el colegio, pronto recobré la paz y la tranquilidad. Estaba hablando sobre la señorita Weed cuando tocaron cinco campanas. El capitán se puso en pie.

—Perdóneme —dijo—. Tengo que subir de nuevo a cubierta. Déjeme buscar a alguien para que la acompañe hasta su baúl. ¿Sabe exactamente dónde lo han guardado?

Negué con la cabeza.

—Un tal señor Barlow se encargó de él —expliqué.

—Vámonos —dijo—. Le pediré que la acompañe.

A llegar a la puerta abierta, se detuvo y, con un gesto, extendió su brazo. Con la cara iluminada de placer, lo así y salimos majestuosamente de su camarote.

Capítulo 6

Aunque mi vestido (que no me había quitado en cuatro días) estuviera arrugado y deformado, y mis guantes blancos fueran ahora de color gris oscuro; aunque mi elegante cabello, completamente despeinado, pareciera la cola de un caballo, me sentía como una princesa siendo conducida a su trono, mientras avanzaba desde el combés del barco hacia el bauprés y el mascarón, con todas las miradas pendientes de nosotros.

Ni siquiera la misma neblina que había visto al salir de mi camarote podía abatir mi ánimo. El capitán Jaggery era el sol y yo, una luna de Juno, brillando al unísono.

—Capitán Jaggery, señor —dije—, el barco parece moverse más lentamente.

—Buena observación —replicó, siempre el perfecto caballero—. Pero si mira ahí —señaló más allá del palo mayor—, apreciará cierto movimiento. El cielo debería despejarse pronto y entonces aumentará la velocidad. Mire allí —exclamó—, el sol está luchando por abrirse camino.

Como si hubiera recibido una orden, un fino disco amarillo empezó a aparecer donde señalaba, aunque pronto se desvaneció detrás de las nubes cargadas.

Desde la cubierta del castillo cruzamos a la del alcázar y llegamos al timón. Allí estaba Foley, un hombre delgado y barbudo. El señor Keetch, como siempre sin sonreír, permanecía a su lado. El timón era gigantesco, con grandes cabillas para que resultara fácil de manejar.

Al aproximarnos el capitán y yo, los dos hombres lanzaron veloces miradas en nuestra dirección, pero no dijeron nada.

El capitán Jaggery soltó mi brazo y miró hacia las velas. Después dijo:

—Señor Keetch.

El segundo oficial se volvió hacia él:

—Sí, señor.

—Creo —dijo el capitán—, que pronto tendremos una racha.

El señor Keetch pareció sorprendido.

—¿Usted cree, señor?

—Si no fuera así, no lo habría dicho, ¿no lo cree, señor Keetch?

El hombre me miró como si yo tuviera la respuesta. Todo lo que dijo fue:

—Supongo que no, señor.

—Gracias, señor Keetch. Aprovéchenla. Tensen todas las brazas y preparen la escandalosa.

—Sí, señor, sí.

—Y larguen todas las alas. Puede que las necesitemos para recuperar el tiempo perdido.

—Sí, señor, sí.

El señor Keetch me miró de nuevo, se marchó rápidamente y, desde la barandilla del alcázar, gritó con voz potente:

—¡Todos a cubierta! ¡Todos a cubierta!

En unos momentos toda la tripulación estaba reunida en cubierta.

—¡Suban a las vergas del juanete y sobrejuanete! —gritó.

Un instante después la tripulación subió por los obenques y la jarcia firme hacia los mástiles y vergas. Mientras ascendían, el señor Keetch empezó a lanzar una letanía de órdenes:

—¡Hombres a los cables de la verga del juanete! ¡Tensen con ganas! ¡Guinden y desarbolen! —eso tuvo a los hombres tirando de los cables y las amuras hasta que las velas escogidas fueron cambiadas y afirmadas. Fue un espectáculo magnífico, pero no noté si el barco se movió más rápido.

El capitán se giró hacia Foley.

—Un punto al sur —dijo.

—Un punto al sur —repitió el señor Foley, y movió el timón con ambas manos en sentido contrario a las agujas del reloj.

—Mantenga el rumbo —dijo el capitán.

—Mantenga el rumbo —repitió Foley.

El señor Hollybrass se aproximó al timón. Cuando lo hizo, el capitán Jaggery le llamó:

—¡Señor Hollybrass!

—Señor.

—Cuando considere oportuno, señor Hollybrass, ordene al señor Barlow que acompañe a la señorita Doyle hasta su baúl.

—Sí, señor.

—Señorita Doyle —me dijo el capitán—, sea tan amable de seguir al señor Hollybrass. He disfrutado mucho con nuestra conversación y espero que se repita.

Y en ese mismo instante, en ese lugar —bajo la atenta mirada de toda la tripulación— cogió mi mano, se inclinó sobre ella y la rozó con sus labios. Me hinché como un pavo real. Después seguí al señor Hollybrass —quizás flotar sea una palabra más adecuada—. Éste, sin disimular su desdén por la despedida que me había hecho el capitán, caminó por el alcázar y permaneció junto a la barandilla mirando hacia el combés. Allí observó a los hombres, que continuaban ajustando las jarcias, gritando de vez en cuando una orden para atar un cabo o el otro.

—Señor Barlow —dijo finalmente.

—¡Aquí, señor! —llegó una respuesta desde lo alto.

Veintiún metros más arriba distinguí al hombre.

—¡Baje! —gritó el señor Hollybrass.

A pesar de su decrépita apariencia, el señor Barlow era tan ágil como un mono. Se arrastró por la verga del trinquete, llegó al mástil, alcanzó la jarcia y dio la impresión de correr sobre un estrecho trozo de cabo. Finalmente se dejó caer en cubierta sin apenas hacer ruido.

—Sí, señor, sí —dijo, con el mismo resuello que yo, o incluso más, porque verlo a semejante altura moviéndose a tal velocidad, me había quitado la respiración.

—Señor Barlow —dijo el señor Hollybrass—. La señorita Doyle necesita su baúl. Tengo entendido que usted sabe dónde está.

—Lo puse en la bodega superior, señor.

—Sea tan amable de conducirla hasta él.

—Sí, señor —Barlow aún no me había mirado. Lo hizo, tras una tímida reverencia y un toque a su bonete. Entendí que tenía que seguirle.

La entrada habitual a las áreas de carga de un barco es la escotilla situada en el centro del combés. Como para el viaje se clausuraba, Barlow me llevó por otro camino. Bajamos por una escalera hacia el entrepuente y nos encontramos junto al comedor de los oficiales, justo enfrente de mi camarote.

Dejó a un lado la vela que traía, se arrastró debajo de la mesa, levantó la escotilla, a ras del suelo y situada en el extremo. Encendió la vela, se giró y se deslizó por el hueco.

—Si tiene la amabilidad, señorita —me llamó.

Aquello no me gustaba nada, pero no tenía muchas opciones. Me arrastré sobre pies y rodillas, entré de espaldas en el hueco y descendí doce escalones, una distancia de dos o tres metros.

—Aquí, señorita —dijo Barlow a mi lado, junto a la escalera—. No debe bajar más.

Miré hacia abajo y vi que la escalera continuaba varios metros.

—Más bodega —explicó lacónicamente—. También hay ratas y cucarachas. Y una asquerosa sentina. Ahí es donde está el calabozo.

—¿Calabozo?

—La cárcel del barco.

—¿Una cárcel a bordo?

—Señorita, el capitán Jaggery no navegaría sin ella.

Me estremecí.

Barlow me ofreció una de sus ásperas y nudosas manos. La agarré con reticencia y di un pequeño salto a la cubierta de la bodega superior. Sólo entonces miré alrededor.

Había llegado a una enorme caverna forrada de madera. No veía nada delante ni detrás, la luz de la vela de Barlow sólo abarcaba un pequeño círculo. Recuerdo que me sentí como Jonás en el interior de la ballena. El aire era pesado, con un persistente olor a podrido que me provocó náuseas.

—¿Qué es eso? —pregunté, señalando un émbolo, con varias manivelas, y del que salían varios pistones.

—La bomba —dijo—. Por si nos hundimos.

Por todas partes había los mismos fardos, barriles y cajas que había visto en el muelle de Liverpool. Ya no tenían nada de romántico. Las mercancías estaban apiladas de cualquier manera, unas sobre otras, atadas y aplastadas por cuerdas y cuñas, pero la mayoría se aguantaba en su sitio por su propio peso. La imagen me recordó los juegos de bloques de madera.

—Abajo hay más —dijo Barlow, viéndome mirar alrededor—. Pero su baúl está allí —y ahí estaba, al fondo de un pasillo, formado por dos montañas de cargamento.

—¿Puede abrirlo, por favor? —le pedí.

Barlow descorrió los cerrojos y abrió la parte de arriba. Ahí estaba mi ropa, envuelta en papel de seda y colocada primorosamente. Las doncellas del colegio habían hecho un espléndido trabajo. Suspiré al recordar ese otro mundo.

—No puedo llevármelo todo —dije.

—Bien, señorita —declaró Barlow—, como ahora sabe donde está, puede venir cuando quiera a buscar más cosas.

—Eso es verdad —dije, y arrodillándome, empecé a levantar con cuidado las capas de ropa.

Después de un rato, Barlow preguntó:

—Con su permiso, señorita, ¿podría decirle una cosa?

—Señor Barlow, ahora estoy muy ocupada —murmuré.

Por un momento el marinero no dijo nada, aunque notaba su inquieta presencia detrás de mí.

—Señorita —dijo inesperadamente—, usted sabe que le hablé sin rodeos cuando subió a bordo por primera vez.

—He tratado de olvidarlo, señor Barlow —dije con cierta severidad.

—No debería, señorita. No debería.

Su tono ardiente y suplicante me hizo reflexionar:

—¿Qué quiere decir?

—Usted ha visto, señorita, cómo nos ha hecho desfilar el capitán. Todo ese cazar y fruncir. No tenía sentido. Se estaba burlando…

—¡Señor Barlow! —le interrumpí.

—Es verdad, señorita. Está abusando de nosotros. Y de usted. Preste atención a mis palabras. Nada bueno saldrá de todo esto.

Me tapé los oídos con las manos.

Tras una pausa el hombre dijo:

—Muy bien, señorita. Le dejaré aquí la vela. ¿No bajará más, verdad?

—Estaré bien, señor Barlow —afirmé—. Por favor, déjeme.

Estaba tan absorta explorando mi baúl, que deje de prestarle atención. Le oí a lo lejos retirarse y ascender por la escalera. Pero en cuanto me aseguré de que se había marchado me giré. Había dejado la vela en el suelo, cerca de la escalera. Aunque la vela había parpadeado, pensé que ardería durante un buen rato. Me volví hacia mi baúl.

Permanecí arrodillada, eligiendo la ropa que debía subir, difícil tarea pero deliciosa, y buscando un libro adecuado para leer a la tripulación, tal y como el capitán me había sugerido. Y así estaba cuando me invadió la sensación de que había algo rondando, una presencia, si se me permite, algo que no podría definir.

Al principio traté de ignorar la sensación. Pero era imposible, ahí había algo. Es cierto que la bodega estaba llena de ruidos, como en todas las partes del barco. Se escuchaban los eternos crujidos y gruñidos de las maderas. Podía oír cómo goteaba el agua de la sentina en la bodega, y el susurro de todo aquello a lo que prefería no poner nombre, como las ratas que había mencionado Barlow. Pero, aunque no sabría cómo explicarlo, enseguida supe que allí había una persona.

Cuando caí en la cuenta, el terror me paralizó. Levanté la cabeza poco a poco y miré por encima de la tapa de mi baúl. Hasta donde veía, no había nadie.

Recorrí con la mirada mi lado derecho. Nadie. Mi lado izquierdo. De nuevo, no vi nada. Únicamente me quedaba un sitio donde mirar, detrás. Sólo de pensarlo sentí un hormigueo en la nuca. Aterrada, me di la vuelta impulsivamente.

Sobresaliendo del hueco a través del cual se llegaba a la bodega, había una cabeza sonriente, mirándome.

Chillé. La vela se apagó y me sumí en la más absoluta oscuridad.

Capítulo 7

Estaba demasiado asustada para gritar de nuevo. En vez de eso, permanecí completamente quieta, agachada en aquella oscuridad, negra como la boca del lobo; mientras, los sonidos del barco se arremolinaban sobre mí, sonidos intensificados por los frenéticos latidos de mi corazón. Me acordé de que aún llevaba encima el puñal de Zachariah. Acerqué una mano temblorosa al bolsillo donde lo había guardado, lo saqué y le quité la funda de madera, que resbaló entre mis torpes dedos y cayó con escándalo al suelo.

—¿Hay alguien ahí? —grité, con voz apagada y vacilante.

Nadie contestó.

Después de lo que pareció una eternidad, repetí más audazmente que antes:

—¿Hay alguien hay?

Nada. Ni el menor indicio de respuesta. Ni el más ligero sonido.

Poco a poco mis ojos se acostumbraron a la chirriante oscuridad. Bajo un cuadrado de tenue luz, podía distinguir la escalera que se hundía en la bodega de abajo. La cabeza estaba al borde del agujero. Sus ojos centelleaban malévolamente, sus labios estaban contraídos en una macabra y satánica sonrisa.

Aunque horrorizada, no le podía quitar la vista de encima. Y cuanto más la miraba, más consciente era de que no se había movido, ni un centímetro. Su rostro, según aprecié, permanecía inmóvil de una forma poco natural. Finalmente reuní el valor suficiente para acercarme, sólo un poco, e intentar distinguir quién o qué estaba ahí.

Empecé a arrastrarme sujetando el cuchillo torpemente. Conforme avanzaba, más deforme y grotesca me parecía aquella cabeza. Definitivamente no parecía humana.

Cuando estaba a medio metro me detuve y esperé. Aun así la cabeza no se movió, ni siquiera parpadeó. Era como si estuviera muerta.

Me acerqué y conseguí tocarla con dedos temblorosos. Estaba dura, como una calavera. Al principio me acobardé, pero el desconcierto empezó a reemplazar el miedo. Así que toqué la cabeza con más fuerza. Esta vez se cayó hacia un lado, como si se estuviera retorcida sobre un hombro, sin dejar de mirarme monstruosamente. Retrocedí.

Para entonces ya me había acercado lo suficiente como para que mis ojos, acostumbrados a la oscuridad, pudieran distinguir la cara con más o menos precisión. Me di cuenta de que ese rostro de rasgos humanos era una grotesca escultura esculpida en un cascarón de madera grande y marrón.

Llena de valor, la toqué de nuevo y traté de agarrarla. Esta vez la cabeza tembló, se inclinó hacia el borde del agujero y cayó. La oí chocar, rodar y luego cesó de hacer ningún tipo de ruido.

Me sentí enojada por lo que había pasado, pero también aliviada de no estar en peligro. Me guardé el puñal en el bolsillo (nunca encontré la funda), recuperé la vela y empecé a subir por la escalera. A mitad de camino me acordé de mi ropa, la razón por la que estaba allí en primer lugar. Me quedé allí parada, preguntándome si debía volver y recoger algo de lo que necesitaba.

Me convencí de que no había nada que temer y tanteé el camino de vuelta a mi baúl, para recoger lo que había dejado preparado. Me giré, casi esperando ver de nuevo la cabeza, aunque, por supuesto, allí no había nada, y escalón a escalón, con la ropa y los libros estrujados debajo de mi brazo, subí hasta el tope de la escalera. Después de cerrar las dobles puertas de la escotilla, me arrastré debajo de la mesa y me retiré apresuradamente a mi camarote.

Una vez allí me cambié de ropa, y me calmé. Ahora podía reflexionar sobre lo que había pasado.

La primera pregunta que tenía que hacerme era: ¿qué había visto exactamente? Una escultura grotesca, me dije, aunque tenía que admitir que no estaba segura. Si era una escultura, ¿cómo podía haber apagado la vela? Estaba claro que esto lo tenía que haber hecho un ser humano. Acusé a Barlow.

Pero, aparte de la vela, Barlow no tenía nada en las manos. De eso estaba segura. Así que no podía haber dejado allí la escultura. Además, aunque apenas le conocía, parecía demasiado sumiso, demasiado abatido como para ser capaz de un truco tan malvado. Y para concluir, había sido él quien me había advertido dos veces de que podría tener problemas.

Pero, si no había sido Barlow, entonces otra persona había colocado la cabeza allí. Y al valorar esa posibilidad, me di cuenta con un sobresalto de que, en realidad, había visto dos caras.

La primera, estaba completamente segura, era humana, y pertenecía a la persona que había soplado la vela y quien, oculta por la oscuridad, había colocado la escultura para engañarme y asustarme.

Aunque estaba orgullosa de mi habilidad para recordar todo lo que había visto y oído, no era capaz de emparejar esa cara con la de ninguno de los hombres de la tripulación. ¿Habría alguien nuevo? Eso era imposible. Estábamos en alta mar. No se recibían visitas.

Concluí entonces que no había reconocido a la persona de la bodega. Después de todo, sólo le había visto un segundo. Pero, la siguiente pregunta era: ¿por qué había corrido el riesgo de que le viera?

¿Por qué? ¡Para asustarme! No tenía la menor duda de eso. Bien, entonces, ¿con qué finalidad? ¿Hacerme pensar que lo que había visto no era real? Me acordé de las palabras de Barlow: quizá alguien me estaba advirtiendo.

Pero ¿por qué?, me pregunté, ¿querría alguien hacerme daño? Era verdad que me habían dicho que no subiera a bordo. Y, aunque no creyera el relato de Zachariah sobre el deseo de venganza de la tripulación hacia el capitán Jaggery por su supuesta crueldad, era inquietante de cualquier forma. Aunque, por otra parte, tenía que hacer caso al capitán, quien me había advertido que Zachariah era demasiado dado a la exageración.

Había demasiados interrogantes. Demasiados enigmas. Incapaz de descifrar el misterio, terminé regañándome, y me convencí de que había hecho una montaña de un grano de arena.

Ésa era mi conclusión final: había sido yo quien no había visto correctamente. La vela, decidí, debía de haber sido apagada por una inesperada corriente de aire. Y en cuanto a la escultura, no había duda de que había estado allí todo el tiempo. Simplemente yo no me había dado cuenta.

Me convencí de que me había comportado como una niña tonta, con mucha facilidad para asustarse en ambientes extraños. Ésa era la forma de apartar mis preocupaciones y miedos.

—Veamos —me dije en voz alta—, ¿ha pasado algo malo? —si era sincera, debía contestar que sí, algo desde luego había pasado pero, ¿me habían hecho algo? No, no realmente.

Aun así, me pregunté si debía informar al capitán Jaggery. ¿No me acababa de pedir que le contara cualquier cosa que considerara rara? ¿No se lo había prometido?

Después de reflexionar durante un buen rato, decidí no contarle nada. Si se lo contaba, hubiera pensado que era una niña tonta y miedosa. Y eso era la última cosa que deseaba.

Me acordé de la agradable charla que había mantenido con él durante el té. ¡Desde luego, qué diferente había sido de la que había mantenido con Zachariah!

¡Qué hombres tan distintos eran el capitán Jaggery y Zachariah! Y, sin embargo, de repente me di cuenta de que cada uno de ellos, a su manera, me estaba cortejando.

¡Cortejándome! No pude evitar sonreír. Bueno, no cortejándome en el sentido literal. Pero sin duda estaban cortejando mi amistad.

¡Qué idea más extraña! Aunque tengo que confesar que me llenó de engreído placer. Decidí mantener buenas relaciones con ambos. Así no correría peligro, me dije. Al contrario. Era la opción más segura. Sería amiga de todo el mundo, aunque (¿tengo que decirlo?) mi preferido sería el capitán Jaggery. Una vez que terminé de analizar mis aventuras de la mañana, me sentí, por primera vez desde mi llegada al *Halcón del mar,* bien.

Pero estaba hambrienta. Después de todo, apenas había comido nada en los últimos días. Ni las galletas de Zachariah ni del capitán habían sido muy consistentes. Mi estómago rugió sólo de pensarlo. Decidí regresar a la cocina y pedir una comida decente.

Pero antes de irme, tenía una cosa más que hacer. Lo que en principio no parecía tener mucha importancia, con el tiempo había probado que sí la tenía. Cogí el cuchillo que tanta ansiedad me había provocado, lo envolví en uno de mis pañuelos, a falta de funda, y me lo guardé en el bolsillo, decidida a lanzarlo al océano.

En ese fatídico momento, sin embargo, me acordé de que ambos, el capitán Jaggery y Zachariah, me habían animado a guardarlo. ¿Qué pasaría si por casualidad ambos me preguntaban por él?

Me acordé de que poco antes, en la bodega, lo había necesitado, o por lo menos había pensando que lo necesitaba para defenderme.

Finalmente, con la intención de complacer a ambos, al capitán y al cocinero, devolví el cuchillo, aún envuelto en mi pañuelo, a su escondite debajo de mi colchón. Por mí, podía quedarse ahí para siempre.

¡Ay de mí!, ése no sería el caso.

Capítulo 8

Una vez que hube decidido olvidar lo que había ocurrido, pasé los siguientes siete días en relativa tranquilidad. Al final de la semana había conseguido mantenerme tan firme, que apenas notaba el cabeceo ni el vaivén del barco, y tampoco me molestaba la eterna neblina.

Durante esos días el tiempo se mantuvo igual. No nos sorprendió ninguna tormenta. Aunque los días no siempre eran brillantes ni claros, una constante corriente de aire bendijo nuestro timón y agitó nuestros cabellos. Avanzábamos a buen ritmo, con todas las velas desplegadas, o por lo menos eso me aseguraba el capitán Jaggery. Tonta de mí, llegué a permanecer horas sentada sobre la bodega de proa con la esperanza de ver tierra. Naturalmente todo lo que veía era mar: vacío, inmóvil e infinito. Los días se parecían mucho entre sí.

Me despertaba al final de la guardia nocturna, cerca de las seis campanadas. Me habían enseñado que todas las mañanas debía presentarme perfectamente vestida ante mis padres o, cuando estaba en el colegio, ante la directora. A bordo era obvio que al único al que debía agradar era al capitán. Pero prepararme para aparecer en cubierta no era tarea fácil. Mi jornada comenzaba con la búsqueda, normalmente exitosa, de pulgas. Después me cepillaba el cabello durante veinte minutos y lo mismo por la noche. Tenía que intentar que cayera sobre mi espalda y se mantuviera sin despeinarse. Lo cual era muy difícil.

Después me vestía. Por desgracia mi ropa almidonada se había ido arrugando y ensuciando. Casi ningún botón permanecía en su sitio. Y, aunque había intentado no tocar nada, mis guantes blancos se habían vuelto del color de la pizarra.

Me sentía tan sucia que había decidido salvar uno de mis vestidos, planchado y limpio, para el día que llegara a Providence. Me consolaba sabiendo que no avergonzaría a mi familia.

Si quería lavar algo (conste que lo intenté), lo tenía que hacer por mí misma, algo que nunca me había pasado. Hacer la colada a bordo implicaba acarrear un cubo de agua de mar. Afortunadamente el capitán ordenó a los hombres que me trajesen agua cuando lo necesitara.

El desayuno se servía en el entrepuente, en el comedor de los oficiales. Lo preparaba Zachariah y consistía en café aguado y pan duro con un dedo de melaza, aunque según pasaron los días, ésta se fue pudriendo. La comida del mediodía era idéntica. Para cenar teníamos carne asada, arroz, judías y, de nuevo, café aguado. Dos veces a la semana podíamos tomar pudín, el manjar de los marineros: harina cocida con pasas.

Todas las tardes me retiraba a mi camarote para escribir en mi diario los incidentes del día. Al terminar, salía a mirar las estrellas: ¡había tantas, tantas estrellas! Después me iba a la cama.

Lo único que diferenciaba a los domingos era una breve ceremonia religiosa. Amablemente el capitán me permitía leer a los hombres un pasaje de la Biblia antes de que él les recordara sus deberes con el barco y con Dios. Los domingos eran también el único día que los hombres se afeitaban y, de vez en cuando, se lavaban la ropa.

Como no tenía ninguna obligación, me pasaba la mayor parte del día holgazaneando. Podía vagar libremente desde la cocina a la cubierta del alcázar, del comedor de oficiales al timón. Aunque intentaba no demostrarlo, estaba profundamente aburrida.

No le sorprenderá si digo que el momento más emocionante del día era el té con el capitán. Me ayudaba a recordar el mundo tal y como lo conocía. Siempre mostraba interés por lo que le contaba, en concreto hacia mis observaciones sobre la tripulación. Me sentía tan halagada por sus atenciones, que me rompía la cabeza pensando en temas para nuestra charla. Por desgracia, el té sólo duraba de una campanada a la siguiente, apenas una media hora. Demasiado pronto tenía que regresar al menos agradable mundo de los marineros.

Al principio, traté de mantenerme distante, no me parecía apropiado mezclarme con ellos. Me limitaba a leerles iluminadores fragmentos de mis libros. Pero conforme pasaban los días, cada vez era más difícil no intimar con ellos. Era imposible evitarlo. Yo era por naturaleza una persona abierta y sociable. Además, en cualquier caso, simplemente estaba haciendo lo que el capitán me había sugerido; de hecho, seguía insistiéndome para que estuviera al acecho de cualquier acto o palabra que dieran a entender crítica u hostilidad.

Aunque deseaba dejar claro que la tripulación y yo pertenecíamos a mundos distintos, cada vez pasaba más tiempo con ellos. A decir verdad, tenía infinitas preguntas que hacerles sobre qué era esto y qué era lo otro. Ellos encontraron en mí a una ingenua pero entusiasta receptora.

Y luego estaban las historias. No me importaba saber cuáles eran verdad y cuáles no. Me conmovía con las historias de naufragios en los atolones del Pacífico. Me emocionaban y aterrorizaban los relatos de ángeles y fantasmas apareciendo milagrosamente en las jarcias. Aprendí su habla, sus maneras, sus sueños... Y, sobre todo, me estimulaba saber que mi presencia les enriquecía. Nunca sabré en qué me beneficiaba a mí.

Al principio la tripulación se mostró reservada y recelosa pero luego empezó a aceptarme. Me convertí en algo parecido a un «chico del barco», y cada vez estaba más dispuesta, y preparada para cumplir con sus pequeños recados.

Por supuesto había sitios en el *Halcón del mar* donde no me aventuraba nunca. Aunque regresé varias veces a mi baúl, y nunca más me asusté, me prohibí explorar la bodega. Las palabras de Barlow y el episodio de la escultura habían sido suficientes para ser cautelosa.

También rehuía los alojamientos de la tripulación, en el castillo. Entendía que tenía la entrada prohibida.

Pero como cada día me sentía más cómoda con la tripulación, y ellos conmigo, terminamos pasando mucho tiempo juntos en cubierta. En poco tiempo incluso llegué a poner a prueba mis manos y escalé, nunca muy alto ni muy lejos, por las jarcias.

Como era de esperar el que más atención me dedicaba era Zachariah. Era el que podía pasar más tiempo conmigo y desde el principio se había mostrado amable. Al ser negro, era el blanco de muchas bromas crueles, lo que despertó mi simpatía. Pero, a pesar de eso, era el gran favorito, y tenía fama de ser un gran cocinero. De hecho, su aprobación me abrió las puertas al resto de los marineros.

Zachariah era el mayor de la tripulación y no había hecho otra cosa en su vida que navegar. De joven fue un marinero común, y me juraba que había sido capaz de escalar desde cubierta al tope del palo mayor ¡en veinte segundos!

Pero se sentía mayor para esos trabajos y estaba muy contento con su puesto de cocinero, que además estaba mejor pagado. Aunque juraba que no tenía más de cincuenta años, yo le veía mucho más viejo.

No tenía nada ahorrado. Sólo sabía de barcos y del mar. No sabía leer, ni escribir más que su firma. Sabía poco de la verdadera religión cristiana. Me confesaba que estaba muy preocupado por el estado de su alma y hallaba mucho consuelo, como otros, en mis lecturas en voz alta de la Biblia, que creía tenían el poder de imponer la verdad. Todos ellos estaban fascinados con la historia de Jonás.

El hecho de que Zachariah nunca volviera a mencionar el cuchillo, ni hablara descortésmente del capitán, lo interpreté como una muestra de respeto. De esa manera, nuestras conversaciones eran cada vez más abiertas y fluidas. Fue él sobre todo quien más me animó a intimar con la tripulación.

—Señorita Doyle, usted ha sido muy amable conmigo —me dijo una mañana—, así que he pensado que si va a estar entrando y saliendo, necesitará, por pudor y seguridad, otra cosa que sus faldas —y diciendo eso me mostró un par de calzas de lona y una blusa, reproducciones en miniatura del uniforme de la tripulación, que él mismo había hecho.

Aunque se lo agradecí amablemente, consideré el regalo como una advertencia de que estaba olvidando mi posición. Le dije, me temo que con brusquedad, que no era propio de una niña, una dama, llevar aquella indumentaria. Pero, para no ofenderle, me llevé la blusa y los pantalones a mi camarote.

Más tarde, lo reconozco, me probé las prendas y las encontré sorprendentemente cómodas, hasta que, avergonzada, me reprendí a mí misma. Rápidamente, me las quité, decidiendo no volver nunca a caer tan bajo.

Fui aún más lejos. Decidí pasar la tarde en mi camarote y escribir una redacción en mi diario con el siguiente tema: el adecuado comportamiento de una joven señorita.

Más tarde, cuando fui a tomar el té con el capitán Jaggery, le pedí permiso para leerle algo de lo que había escrito. Fue tan generoso con sus alabanzas que el placer fue doble. De sus elogios deduje que también me habría ganado la aprobación de mi padre, tan parecidos eran.

El capitán pasaba sus días prestando puntillosa atención al barco, paseando por el alcázar del timón a la barandilla, de la barandilla al timón, siempre alerta a cualquier falta que corregir. Si no tenía la mirada sobre las velas, la tenía sobre los cabos y vergas. Y si no sobre cubierta.

Justamente como me había avisado, la tripulación era presa fácil de la pereza. Pero, como él era quien tenía la responsabilidad del barco, no ellos, suya era la obligación, con constante supervisión y órdenes, de imprimir disciplina en su trabajo.

Cosas que yo nunca hubiera considerado importantes eran para él graves faltas. Desde barandillas deslustrosas a velas caídas y vergas deshilachadas; había jarcias que revisar, tablas que alquitranar, poleas, aparejo, obenques... que reparar, cubiertas que barrer, fregar y de nuevo limpiar. Había que rascar la proa una y otra vez, y repintar el mascarón. En poco tiempo conseguía que, bajo su penetrante mirada, todo estuviera en orden. Para lograrlo todos los hombres eran llamados, en algunas ocasiones, hasta más de dos veces por ronda. Incluso por la noche se oían las llamadas.

De hecho, tan grande era el sentido de la responsabilidad del capitán hacia el barco (que pertenecía a la compañía de mi padre, como le gustaba recordarme) que ningún hombre de guardia tenía permiso para estar sin hacer nada, siempre se le mantenía ocupado.

—No se les paga para que hagan el vago —repetía el capitán a menudo y, dando ejemplo, él mismo nunca descansaba. Incluso durante nuestras charlas siempre estaba vigilante (una vez más, igual que mi padre) y pacientemente me interrogaba sobre lo que había visto, oído e incluso pensado, siempre a punto con un comentario rápido y sabio.

No era tan paciente, sin embargo, con el primer y segundo oficial, a quienes transmitía todas sus órdenes, dependiendo de quién estuviera de guardia. Estos hombres, el señor Hollybrass y el señor Keetch, eran tan diferentes del capitán como entre ellos.

Cuando le llamaba el capitán, el señor Keetch corría rápidamente a su lado, nervioso, agitado, con una permanente mirada de miedo, y acataba sus feroces órdenes con acobardado servilismo. El señor Hollybrass, el primer oficial, se acercaba lentamente, como si su silencio fuera más importante que las órdenes del capitán. A veces levantaba sus peludas cejas como para protestar, aunque nunca le oí contradecir al capitán. De hecho, el capitán repetía sus órdenes, y después el señor Hollybrass obedecía.

—Pida al señor Dillingham que reafirme las arraigadas —diría, o—: Traiga al señor Foley para colocar correctamente el trinquete —o—: Pida al señor Morgan que haga trabajar los palanquines.

Sin haber terminado un trabajo, los hombres de la tripulación tenían que empezar otro, aunque lo hacían con miradas sombrías y jurando por lo bajo.

El capitán, como era un caballero, aparentaba no darse cuenta. Pero más de una vez le ordenaba al señor

Hollybrass, menos a menudo al señor Keetch, que castigara a algún hombre por algún descuido o retraso que yo no podía detectar. Si estaba muy enojado, el capitán le castigaba con un empujón o una bofetada de su propia mano. Una vez, para mi sorpresa, le vi golpear a Morgan (un hombre bajito, reservado y bizco) con una cabilla, una de las pesadas espigas de madera utilizadas para asegurar un cabo de la jarcia al cabillero. Aterrada, desvié la vista. El pobre marinero había tardado demasiado en acortar una vela, dijo el capitán, y siguió enumerando otras amenazas: confinamiento en el calabozo del barco, recorte en las pagas, castigado sin comer, latigazos, zambullidas en el mar helado o incluso pasarlo por la quilla, que significaba, como llegué a saber, hacer pasar a un hombre de un lado a otro del barco, por debajo del agua.

—Señorita Doyle —me decía cuando tomábamos nuestro té diario—, usted misma puede verlo. ¿No son los hombres más sucios y vagos que nunca haya visto?

—Sí, señor —contestaba con suavidad, aunque cada vez me sentía más incómoda porque podía sentir el resentimiento creciendo entre la tripulación.

—¿Hubo alguna vez un cristiano más preocupado que yo?

—No, señor.

—Y ahora —preguntaba siempre—, ¿qué ha visto últimamente?

Obedientemente le informaba de todo lo que había visto y oído: las ocasiones en que se escabullían del trabajo, los puños apretados, los juramentos entre dientes que yo trataba de no oír.

Después de mi informe, siempre decía lo mismo:

—Antes de que lleguemos a casa, señorita Doyle, les haré doblegarse. A todos y cada uno de ellos.

Un día el viento cesó. Y durante los días siguientes el *Halcón del mar* estuvo en calma. Nunca había vivido algo parecido. No sólo se desvaneció la brisa y aumentó la temperatura, sino que el mar yacía como si estuviera muerto. El aire se volvió pesado y estaba cargado de humedad, lo que agotaba los pulmones. Las pulgas y cucarachas salían de cualquier sitio. El barco, encerrado en su propio hedor, gemía y gruñía.

Durante esos días el capitán Jaggery ordenó cinco veces bajar los botes. Con el señor Hollybrass al mando de uno, y el señor Keetch del otro, remolcaron el *Halcón del mar* en busca de viento. Fue inútil. No encontramos nada de viento.

Y entonces, por sorpresa, el capitán pareció aceptar la falta de viento y puso a los hombres a trabajar más duramente que nunca, como si la calma del Ecuador estuviera programada para que él pudiera reparar y pulir el *Halcón del mar* y dejarlo como si fuera nuevo.

—No hay mal que por bien no venga —me comentaba.

Las quejas de la tripulación aumentaron en fiereza. Los juramentos se volvieron aún más oscuros.

Cuando informé de esto al capitán, frunció el ceño y movió la cabeza:

—No hay mayor artista que un marinero que quiere escabullirse del trabajo.

—La tripulación está cansada —murmuré, tratando de sugerir de una forma vacilante y vaga que incluso yo podía ver que los hombres estaban cansados y necesitaban un descanso.

—Señorita Doyle —respondió con una repentina y brusca risa, mientras me animaba a comer una segunda galleta—, le doy mi palabra. Dejarán de estar cansados cuando nos crucemos con una tormenta.

Qué razón tenía. Pero la tormenta fue, al principio, obra del hombre.

Capítulo 9

Seguimos a la deriva por un mar de cristal durante tres días más. Impotente ante la situación, el capitán, como podía ver, estaba muy distraído. Aunque el sol cada vez pegaba con más fuerza, él siguió mandando a los hombres en los botes durante dos horas para remolcar al *Halcón del mar* en busca de viento. Sólo encontró más razones para quejarse.

Y entonces sucedió.

Era al final de la tarde, dieciocho días después de nuestra salida. Le tocaba el turno a la guardia del primer cuartillo. Yo estaba en la cubierta del castillo con Ewing. Era un joven escocés rubio, muy atractivo, con un llamativo tatuaje de una sirena en su brazo. Me fascinaban su tatuaje y las historias que contaba sobre su novia de Aberdeen. Estaba convencida de que ella y la sirena eran la misma persona.

Ewing estaba sentado con las piernas cruzadas, exhausto. Esa mañana el capitán le había ordenado que pasara el día en las vergas más altas, alquitranando de nuevo los estays. El sol era brutal, y el alquitrán estaba pegajoso. Con dedos temblorosos, intentaba remendar, con aguja e hilo, una vieja chaqueta de lona que reposaba en su regazo.

Mientras trabajaba, yo le leía de uno de mis libros favoritos: *La ciega Barbara Ann: una historia de adorable pobreza*. Estaba escuchando muy atentamente cuando su aguja se rompió en dos.

Lanzó un juramento, se disculpó apresuradamente por haber blasfemado en mi presencia y rebuscó una nueva aguja. Cuando no la pudo encontrar, murmuró que tendría que ir a buscar otra a su baúl e hizo ademán de levantarse.

Sabiendo lo cansado que estaba, le pregunté:

—¿Puedo ir a buscarla por ti?

—Sería muy amable, señorita Doyle —me respondió—, tengo las piernas terriblemente entumecidas.

—¿Dónde tengo que buscarla? —pregunté.

—Debajo de mi hamaca, en la parte de arriba de mi baúl —dijo—. En el castillo.

—¿Habrá alguien capaz de indicarme?

—Creo que sí —dijo.

Sin pensar mucho más, aparte de querer hacerle un favor al hombre, me giré y me apresuré.

Antes de que me parara a reflexionar, había alcanzado la entrada del castillo. Ésta era una de las pocas zonas en las que no había estado antes, el único sitio que los marineros del *Halcón del mar* consideraban suyo. Ni siquiera el capitán Jaggery se aventuraba allí. Nadie me había dicho nunca que no fuera. Pero tenía asumido que no sería bienvenida.

Consciente de eso, me apresuré a la cocina con la esperanza de encontrar a Zachariah. Le pediría que fuera a buscar la aguja. La cocina, sin embargo, estaba desierta. Me acerqué tímidamente a la puerta del castillo. Mientras lo hacía alcancé a oír apagadas voces procedentes del interior. De hecho, como no podía entender más que un murmullo, me encontré intentando escuchar. Y lo que oí fue esto:

—... digo que seré yo quien dé la orden y nadie más.

—Mejor será que sea pronto. Jaggery nos está apretando fuerte.

—¿Cuántos nombres tenemos?

—Han firmado siete. Pero hay otros predispuestos.

—¿Qué pasa con Johnson?

—No lo sé. Tiene dudas.

—No me sirve. Necesita estar con nosotros o no estarlo. No en el medio. Y no me gusta esa chica, siempre espiando.

—No es culpa de nadie que esté aquí. Lo intentamos. Te recuerdo tus palabras: mantengamos fuera del barco a esos pasajeros.

En ese momento no entendí el significado de esa conversación, en la que había por lo menos cuatro personas. La aclaración vendría más tarde. En vez de eso me reproché estar fisgoneando donde no me correspondía. No era propio de una dama. Y, sin embargo, yo, en parte, era el tema de su conversación.

Como aún tenía que hacer el recado, llamé a la puerta, queriendo cumplir con lo que había prometido.

Hubo un silencio repentino.

A continuación escuché:

—¿Quién está ahí?

—La señorita Doyle, por favor.

Otra pausa.

—¿Qué quiere? —preguntó una voz.

—Vengo en nombre del señor Ewing —contesté—. Me ha mandado a por una aguja.

Hubo murmullo, juramentos y al cabo de un rato otra voz:

—Muy bien, un momento.

Escuché crujidos y gente moviéndose. Después la puerta se abrió y Fisk se asomó. Era un hombre grande, con mandíbula cuadrada y los puños apretados, como si estuviera siempre dispuesto para armar follón.

—¿Qué quiere? —preguntó.

—El señor Ewing quiere una aguja de su baúl —dije sumisamente.

Me miró con el ceño fruncido:

—Entre entonces —dijo, haciéndome un gesto con la mano.

Di un paso adelante y me asomé. La única luz de la habitación procedía de la puerta abierta, pero era suficiente para que pudiera ver que el techo estaba festoneado de ropa sucia. Me asaltó un pesado hedor dulce y mugriento. Restos de postales baratas, algunas muy escandalosas, estaban colgadas de la pared anárquicamente. Tazas, zapatos, cabillas… todo estaba en el suelo amontonado. En el centro de la habitación había un baúl sobre el que se encontraba un tablero de damas, parcialmente tapado por una hoja de papel. A lo largo de la pared, se extendían las hamacas, pero a tan baja altura, que no podía distinguir las caras de los que estaban en ellas. Lo que podía ver eran los brazos y piernas de tres hombres. Parecía que estaban dormidos, aunque sabía que eso no podía ser posible; había escuchado más de una voz.

—El baúl del señor Ewing está ahí —dijo Fisk, y señaló una esquina con un pulgar. Avanzó pesadamente hacia su hamaca, se sentó en ella y, sin decir nada más, me observó con suspicacia.

El pequeño baúl de madera estaba colocado debajo de una de las hamacas vacías.

Me arrodillé con cierta aprensión, me giré con rapidez hacia Fisk para asegurarme de que ese baúl era en efecto el de Ewing.

Gruñó afirmativamente.

Me volví, empujé el pequeño cofre hacia delante y abrí la tapa. Lo primero que vi fue una pistola. Tanto me alarmó que lo único que pude hacer fue mantener clavada la mirada en ella. Recordé un comentario del capitán Jaggery, este se había jactado de que no había más armas de fuego a bordo que las de su armario.

Desvié la mirada hacia una pieza de corcho en la que había clavadas varias agujas. Saqué una, y apresuradamente cerré el baúl con la esperanza de que nadie hubiera visto lo mismo que yo. Me puse en pie, y me giré para marcharme.

Fisk me estaba mirando con fiereza. Me forcé a devolverle la mirada, esperando no revelar nada de lo que me pasaba por la cabeza. Me dirigí a la puerta, pero con las prisas tropecé con el baúl del centro de la habitación. La hoja de papel voló al suelo. Disculpándome, me agaché para recogerla y de reojo vi que en ella había dibujados dos círculos, uno dentro del otro. ¡Y dentro de las líneas había nombres y firmas escritas!

Al instante supe lo que era. ¡Una petición en rueda!

Con torpeza, alejé el papel, murmuré un «gracias», y salí volando.

Estaba temblando cuando abandoné el castillo. Para empeorar las cosas, la primera persona con la que me encontré fue con el segundo oficial, el señor Keetch, que se dirigía hacia la cocina. Me detuve brevemente, sin duda con la culpabilidad estampada en mi cara. Afortunadamente, más allá de su habitual mirada nerviosa, apenas me prestó atención. Después continuó su camino. Pero aunque se marchó, me quedé allí de pie sin saber qué pensar o hacer. Inconscientemente, cerré mi mano, pinchándome la palma con la aguja.

Siempre fiel a mi sentido del deber, incluso en aquel momento de crisis, corrí hasta Ewing y le entregué la aguja.

—Eh, señorita —dijo, escudriñando mi cara mientras la cogía—, parece enferma.

—No, de verdad —susurré, intentando evitar su mirada—. Estoy bien, gracias.

Volé apresuradamente a mi camarote y cerré la puerta detrás de mí. Una vez a solas me subí encima de mi cama, me arrojé sobre ella y me dediqué a analizar qué debía hacer.

Usted entenderá que no había la menor duda en mi cabeza respecto a lo que había visto. Allí había una pistola. Allí había visto una petición en rueda. Tras las advertencias del capitán Jaggery (y siempre atenta a las posibilidades reveladas por Zachariah), tenía pocas dudas acerca del significado de mis descubrimientos. La tripulación estaba preparando una rebelión.

Tras recuperar la calma, reflexioné sobre a quién había visto en el castillo. Para empezar estaba Fisk. Formaba parte de la guardia del señor Keetch, así que era razonable asumir que el resto de los miembros de su guardia estaban con él.

Sabía que había cuatro hombres en su guardia: Ewing, Morgan, Foley y por supuesto el propio Fisk.

Pero mientras repasaba esos nombres mi sensación de desconcierto aumentó. Lo que había visto no tenía sentido. Entonces me di cuenta. Había visto a Fisk. Había sido él quien había abierto la puerta del castillo. Y Ewing estaba en la cubierta del castillo. Pero cuando entré, había tres hamacas ocupadas por hombres. En resumen, había visto a un total de cinco hombres fuera de guardia. Asumiendo que las otras hamacas estaban, efectivamente, ocupadas por miembros de la guardia, ¿quién era entonces el quinto hombre? ¿Podía haber sido el propio señor Keetch? No. Lo había visto justo fuera del castillo cuando salía. Tampoco podía ser alguno de los que estaba de guardia. El capitán nunca hubiera tolerado eso. ¿Quién era el quinto hombre?

Me empecé a preguntar si no me había confundido, recordándome que una hamaca llena de ropa podía parecerse a una ocupada por un hombre.

Pero según iba recordando más detalles sobre lo que había visto: el peso de las hamacas, los brazos y piernas colgando..., más convencida estaba de que ¡realmente había visto cuatro hombres!

De repente, como el chasquido de una vela fustigada por el viento, me acordé de la borrosa escena que presencié la noche de mi llegada, mientras esperaba para embarcar en el *Halcón del mar:* un hombre trepando por los cabos del barco. ¡Por supuesto! ¡Un polizón!

Pero, ¿dónde podría haberse escondido?

Tan pronto como me hice esa pregunta me acordé del rostro que tanto me había asustado en la bodega superior el primer día que bajé a por mi ropa. Era una cara que yo no había reconocido. De hecho, fue precisamente el no reconocerla lo que me convenció de que lo había imaginado. Ahora me daba cuenta de que precisamente ¡había visto al polizón! ¡Por eso no lo había reconocido! Había estado escondido en la bodega, lo que explicaba las horribles palabras que le había dedicado Barlow al sitio, y también la sonriente escultura. ¡El hombre había pretendido alejarme de allí!

Pero, una vez que llegué a esa conclusión, me pregunté qué debía hacer. Al plantearme la pregunta tenía la respuesta: el capitán Jaggery. Era a él a quién debía mi lealtad: por costumbre, por hábito, por ley. Se lo tenía que contar. Y la verdad era, aparte de todo lo demás, que me atormentaban la culpa y el terror, por no haberle dicho nada antes sobre el incidente de la bodega. Una vez que lo hube analizado todo, sabía que no debía esperar ni un segundo. Necesitaba ver al capitán Jaggery.

Me acordé de las últimas campanadas que había oído, las tres campanadas del segundo cuartillo, así que sabía que lo más seguro era que encontrara al capitán en el timón.

Salí agitadamente de mi camarote y me encaminé a cubierta en su busca. Al primero que vi fue a Morgan, reclinado sobre la barandilla de estribor. Era un sujeto desgarbado, de piernas largas, musculoso, con un fiero mostacho y pelo largo. Como era uno de los hombres de la guardia del señor Keetch, y en ese momento no estaba en activo, debía de haber sido uno de los hombres de las hamacas del castillo. Digo *debía de haber sido* porque yo no había visto su cara. Su presencia era sólo una conjetura.

Pero ahí estaba, sobre cubierta. Clavada al suelo, le miré en silencio; en respuesta, él me miró a los ojos. Seguramente, pensé, estaba allí para vigilarme.

Durante un rato largo nos quedamos de pie mirándonos el uno al otro. Su cara no reflejaba ninguna emoción, pero lo que hizo después me dejó muy pocas dudas sobre sus verdaderas intenciones. Levantó una mano, extendió su dedo índice como si fuera un cuchillo y lo arrastró por su cuello ¡como si lo estuviera cortando!

Me sacudió un espasmo de horror. De la forma más cruda posible, me estaba advirtiendo de lo que podría sucederme si confesaba mi descubrimiento al capitán.

Permanecí clavada en el mismo sitio durante un rato más. Después me giré para inclinarme sobre la barandilla de babor y fije la vista en el mar, tratando de recuperar la respiración.

Cuando me hube calmado lo suficiente, me di la vuelta lentamente. Morgan se había marchado. Pero había conseguido su propósito. Estaba el doble de asustada que cuando subí al *Halcón del mar* por primera vez.

Miré de reojo con ansiedad para ver si estaba siendo vigilada por alguien más. Y desde luego que lo estaba, ahora era Foley, a quien descubrí encima del castillo. Estaba ocupado empalmando un cabo. Por lo menos eso es lo que parecía estar haciendo. En el instante en que lo vi, me miró y me examinó descaradamente. Enseguida desvió la vista. Estaba claro que también me estaba espiando.

Muy alterada, me retiré a mi camarote y cerré la puerta con cerrojo. Las advertencias tuvieron el efecto contrario a lo que sin duda pretendían. Más aterrorizada que nunca, ahora estaba segura de que la única persona que me podía ayudar era el capitán Jaggery. Pero tenía tanto miedo de subir a cubierta en su busca, que decidí esperarle en su camarote, convencida de que la tripulación no se atrevería a perseguirme allí.

Abrí la puerta con cautela, asomé la cabeza y cuando vi, con alivio, que no había nadie cerca, corrí a la puerta del capitán y llamé sin la cortesía acostumbrada.

Para mi indescriptible alivio escuché:

—Entre.

Empujé la puerta. El capitán Jaggery estaba estudiando algunos mapas, con el señor Hollybrass a su lado.

El capitán se giró.

—Señorita Doyle —dijo educadamente—. ¿Hay algo que pueda hacer por usted?

—Por favor, señor —me costaba respirar—, debo hablar con usted en privado.

Me miró interrogante. Nunca antes había acudido a él en ese estado de agitación.

—¿Es importante?

—Creo que sí, señor...

—Quizá pueda esperar hasta... —cambió de opinión; sin duda al ver mi perturbación.

—Entre y cierre la puerta —dijo, sus gestos empezaban a indicar alarma.

El señor Hollybrass hizo ademán de marcharse. El capitán le detuvo.

—¿Tiene alguna objeción a la presencia del señor Hollybrass? —me preguntó.

—No lo sé, señor.

—Muy bien. Se quedará. No hay nadie en quien confíe más. Ahora, señorita Doyle, de un paso adelante y diga que es lo que la tiene tan agitada.

Asentí, pero sólo pude tragar, como un pez fuera del agua.

—Señorita Doyle, si tiene algo importante que contarme, hable.

Levanté la vista. El capitán me estaba estudiando con gran intensidad. En un instante recordé una ocasión en la que mi hermano rompió un precioso jarrón y yo, impulsada por un fuerte sentido del deber, se lo conté a mi padre a pesar de que sabía que reaccionaría con furia.

—Fui a buscar una aguja para el señor Ewing —empecé.

—Una aguja —se volvió, de alguna manera desilusionado. Y preguntó–: ¿Dónde la encontró?

—En el castillo.

—El castillo —repitió, tratando de ayudar a mi lengua—. ¿Es habitual que frecuente ese lugar, señorita Doyle?

—Nunca antes había estado allí, señor.

—¿Qué pasó cuando entró?

—Vi... vi una pistola.

—¿Vio una pistola?

Asentí.

—¿Dónde exactamente?

Miré alrededor. La cara habitualmente roja del señor Hollybrass estaba pálida como la sal mojada, mientras que la del capitán se iluminó de repente de excitación.

—¿Tengo que decirlo, señor?

—Por supuesto que tiene que decirlo, señorita Doyle. ¿Dónde vio la pistola?

—En... el baúl... del señor Ewing, señor.

—En el baúl del señor Ewing —repitió el capitán, intercambiando una mirada con el primer oficial como para confirmar algo. Después el capitán se giró de nuevo hacia mí:

—¿Algo más?

Me mordí el labio.

—Hay algo más, ¿no? —preguntó.

—Sí, señor.

—¡Dígalo!

—Vi un... —no podía hablar.

—¿Un qué, señorita Doyle?

—Una... petición en rueda.

Ahora fue el capitán Jaggery quien ahogó un grito.

—¿Una petición en rueda? —exclamó—. ¿Está completamente segura?

—Igual que la que usted me mostró, señor. Estoy segura.

—Descríbala.

Lo hice.

—¿Y había nombres escritos? ¿Sí?

—Y marcas. Sí, señor.

— ¿Cuántas?

—No lo sé con certeza. Quizá cinco. Seis.

—¿Seis? —el capitán gritó, mirando penetrantemente al señor Hollybrass—. ¡Asombroso que no sean nueve! ¿Pudo ver que nombres había allí?

—No, señor.

—No estoy seguro de creerla —dijo con brusquedad.

—¡Es verdad! —grité y para demostrar mi sinceridad rápidamente le ofrecí un relato de mis experiencias en la bodega superior, así como mi conclusión de que el barco llevaba un polizón. Cuando terminé estaba furioso.

—¿Por qué demonios no me lo contó antes? —me exigió.

—No estaba segura, señor.

—¡Después de todo lo que he hecho por...! —fracasó al intentar acabar la frase. En vez de eso, gruñó—: Así sea —y no dijo más antes de darse la vuelta y caminar de un lado a otro, mientras el señor Hollybrass y yo le mirábamos.

—Señor Hollybrass —dijo finalmente.
—Señor…
—Llame a todos a cubierta.
—Señor, ¿qué va a hacer?
—Intento aplastar este motín antes de que empiece.

Capítulo 10

El capitán Jaggery cruzó la habitación a grandes pasos y quitó el retrato de su hija de la pared. En la parte de atrás estaba pegada una llave. Con ella abrió el armario de las armas y en un momento él y el señor Hollybrass estaban en la puerta preparados. El capitán sostenía dos mosquetes y tenía dos pistolas metidas en su cinturón. El señor Hollybrass iba armado de una forma parecida.

Aterrada por la respuesta que habían provocado mis palabras, me quedé parada donde estaba. Pero el capitán no lo iba a permitir.

—Señorita Doyle, usted viene con nosotros.

—¡Pero…!

—¡Haga lo que le digo! —gritó—. No tenemos tiempo que perder —lanzó uno de sus mosquetes al señor Hollybrass, que lo atrapó de milagro, y luego me agarró por un brazo y me arrastró detrás de él.

Corrimos a lo largo del entrepuente hacia el combés y después rápidamente subimos a cubierta. Sólo entonces me dejó libre. Agarró el badajo de la campana y empezó a tirar furiosamente, como si anunciara un fuego, mientras gritaba:

—¡Todos a cubierta! ¡Todos a cubierta!

Hecho eso, tendió su mano al señor Hollybrass, quien le devolvió el mosquete sobrante.

Miré alrededor sin saber qué esperar, sólo sabía que por primera vez sentía miedo por mi vida.

Me di cuenta de que el barco parecía haberse quedado sin tripulación. No se veía un marinero por ningún sitio, ni en el aire ni en cubierta. Las velas colgaban como ropa muerta, el timón estaba abandonado, las jarcias golpeaban con una inquietante cadencia. El *Halcón del mar* estaba a la deriva.

La primera persona que apareció debajo de nosotros fue el señor Keetch. Unos segundos después del sonido de la campana salió disparado del entrepuente, lanzó una mirada al capitán y al señor Hollybrass y a sus armas, se detuvo un momento y luego se giró como si esperara ver a otros. Estaba solo.

—¡Señor Keetch! —le gritó el capitán—, ¿cuál es su posición?

El segundo oficial se giró hacia el capitán, con una mirada de confusión y miedo en su cara. Pero antes de que pudiera responder o actuar ante la pregunta del capitán, el resto de la tripulación salió en tromba del castillo con salvajes y espeluznantes gritos.

A primera vista los marineros parecían bastante fieros, aunque casi cómicamente grotescos, vestidos los nueve como mendigos. El primer día me parecieron descuidados; ahora parecían indigentes, con la ropa rota y sucia, las barbas sin afeitar, las caras crispadas de miedo y furia. De los nueve el único que no iba armado era Zachariah. El resto lo estaban. Algunos llevaban pistolas. Recuerdo a dos con espadas. Dillingham tenía en la mano un viejo machete, Barlow un cuchillo.

Apenas aparecieron vieron al capitán de pie sobre la cubierta del alcázar, apuntándoles directamente con un mosquete, el otro lo tenía cerca, apoyado sobre la barandilla. Se quedaron congelados en el sitio.

Si hubieran salido corriendo hacia delante, podrían habernos vencido a los tres. Pero ahora era el capitán Jaggery, y los mosquetes, quien los tenía en jaque.

Con sobresalto me di cuenta de que el décimo hombre estaba de pie debajo de nosotros. Era un hombre fornido y bajito, con un pañuelo rojo alrededor de su cuello y una espada en la mano. Asombrada vi que solo tenía un brazo.

Recordé la historia de Zachariah sobre un marinero al que el capitán había castigado tan duramente que uno de sus brazos tuvo que ser amputado. ¡El mismísimo Cranick estaba de pie delante de nosotros! ¡Era su cara la que había visto en la bodega superior! ¡El polizón!

Grité ahogadamente.

El capitán Jaggery se acercó a la barandilla y habló:

—¡Ah, el señor Cranick! —dijo con audacia, apuntando el mosquete directamente al pecho fornido del hombre—. Me preguntaba dónde habría ido. No al infierno como hubiera esperado, sino aquí. ¿Puedo —continuó con destacado sarcasmo— ser el último en darle la bienvenida a bordo del *Halcón del mar*?

El hombre se arrastró hacia delante. Claramente era el líder de la tripulación.

—Señor Jaggery —empezó, rehusando con mordacidad decir capitán—. Le dije que nos vengaríamos de usted, ¿no?

—Oigo su habitual bravuconería, señor Cranick, si es eso lo que quiere decir —replicó el capitán—, pero no le di más importancia entonces que la que le doy ahora.

En respuesta Cranick levantó su única mano y, arreglándoselas para sostener la espada, sacó violentamente un papel de sus pantalones, y lo levantó.

—Señor Jaggery —le llamó con áspera voz—, tenemos aquí una petición en rueda que le declara incapacitado para ser el capitán del *Halcón del mar*.

Hubo murmullos de acuerdo detrás de él.

—¿Y qué intenta hacer con eso, señor Cranick? —replicó el capitán. Me imaginaba que incluso usted, en su bestial ignorancia, sabría que los días de la piratería han desaparecido. ¿O tanto añora usted los días en los que a los hombre se les colgaba de las cadenas y se les dejaba pudrirse para que los cuervos puedieran picotear sus putrefactos ojos?

—La piratería no es para nosotros, señor Jaggery —replicó Cranick con una vigorosa sacudida de su cabeza—. Sólo buscamos justicia. No la pudimos conseguir en tierra. La tendremos en el mar.

—¡Justicia, dice usted! ¿Bajo la autoridad de quién? —exigió el capitán.

—¡De todos nosotros!, ¡nuestra autoridad! —gritó Cranick y se giró hacia los hombres detrás de él. Hubo murmullos y gestos de asentimiento con la cabeza.

—¿Y qué tipo de justicia ofrece usted? —preguntó el capitán—. Nada demasiado legal, me figuro.

—Exigimos que se enfrente a un juicio de sus iguales —contestó Cranick.

—¡Juicio! ¡Iguales! —gritó el capitán mofándose—. ¡No veo más que rufianes y villanos, la escoria del mar!

—¡Entonces nos proclamamos a nosotros mismos sus iguales! —replicó Cranick. Dicho eso, tiró el papel al suelo y dio otro paso hacia delante—. Puede elegir a quien quiera para defenderle —insistió—. Elija a la chica, por ejemplo. Parece que se ha convertido en sus ojos y sus oídos. Deje que sea su boca también.

Fue en ese preciso instante cuando el capitán Jaggery disparó su mosquete. El rugido fue tremendo. La bala golpeó a Cranick justo en el pecho. Con un grito de dolor y una sacudida mortal, dejó caer su espada y se tambaleó de espaldas hacia la multitud. Estaban demasiado aturdidos para sujetarlo; en lugar de eso, saltaron hacia atrás de modo que Cranick cayó sobre cubierta con un escalofriante ruido sordo. Empezó a gemir y agitarse en una espantosa agonía: la sangre salió a borbotones de su pecho y boca.

Grité. El señor Hollybrass gimió. Aterrada, la tripulación retrocedió más. El capitán Jaggery dejó caer rápidamente el mosquete usado, cogió el segundo y apuntó hacia los marineros.

—¿Quién será el próximo? —gritó.

Miraron hacia arriba con ojos violentos y aterrorizados.

—¡Dejen a Cranick ahí tumbado! —continuó gritando el capitán—. ¡El que dé un paso al frente recibirá lo mismo!

La tripulación comenzó a alejarse poco a poco.

—Dejen sus pistolas y espadas —bramó el capitán—. ¡Ahora, rápido! Dispararé sobre el primero que no lo haga.

Las pistolas, espadas y cuchillos cayeron con estrépito.

—¡Señor Hollybrass, ¡recójalas!

El primer oficial salió disparado escalones abajo y, mientras miraba hacia arriba, empezó a recoger las armas. Estaba claro que tenía más miedo al capitán que a la tripulación.

—¡Su petición en rueda también! —le pidió el capitán.

Demasiado aturdida para hablar, sólo podía mirar y sentir un enorme dolor.

Cranick dejó de moverse. La única señal de vida de su cuerpo eran las pequeñas burbujas rosas de sangre que salían de sus labios.

Fue entonces cuando descubrí a Zachariah deslizándose de la congelada escena hacia el hombre abatido. Avanzaba con las manos delante de él, por encima de la cintura y con las palmas abiertas, como para demostrar que no llevaba ningún arma. Tenía la mirada fija en el capitán.

—¡Déjele, señor Zachariah! —ladró el capitán—. Es un polizón. No tiene derecho a ningún cuidado.

El anciano se detuvo.

—Como hombre —dijo en medio del caos con voz maravillosamente tranquila—, reclama nuestra piedad.

El capitán levantó su mosquete.

—No —dijo con firmeza.

Zachariah miró primero al capitán, luego a Cranick. Puede que lo imaginara pero creo que incluso me miró a mí. En cualquier caso continuó acercándose con pasos lentos e intencionados hacia el hombre tumbado en el suelo.

Yo observaba, aterrorizada pero fascinada, convencida de que el capitán, furioso, dispararía. Vi su dedo apretado en el gatillo, y luego… se relajó.

Zachariah se arrodilló junto a Cranick y puso su mano sobre su muñeca. La dejó caer.

—El señor Cranick ya no está con nosotros —anunció.

El silencio que siguió a esas palabras fue roto sólo por la suave y repentina sacudida de una vela y el tintineo de una cadena.

—Quítenlo de ahí —dijo finalmente el capitán.

Nadie se movió.

—Señor Zachariah —repitió el capitán con impaciencia—. Retírelo.

Una vez más Zachariah tendió sus manos abiertas.

—Suplico el perdón del capitán —dijo—, incluso un pobre pecador como él debería tener una oración final.

—¡Señor Hollybrass! —vociferó el capitán.

El primer oficial, después de descargar las pistolas de la tripulación, había vuelto a la cubierta del alcázar.

—Señor —dijo.

—Quiero que tire por la borda el cuerpo de este perro.

—¿No puede decir el señor Zachariah unas palabras…?

—Señor Hollybrass, haga lo que le he ordenado.

El hombre miró al capitán y luego a la tripulación.

—A la orden, mi capitán —musitó. Luego, lentamente, como si le hubieran arrojado un gran peso encima, descendió a cubierta. Agarró al hombre por su único brazo y empezó a arrastrarlo hacia la barandilla. A su paso dejó un rastro de sangre.

—Señor Zachariah —bramó el capitán—. Abra la puerta.

Zachariah miró al capitán. Lentamente negó con la cabeza.

Por un momento los dos se limitaron a mirarse mutuamente. A continuación el capitán se giró hacia mí:

—Señorita Doyle, abra la puerta.

Incrédula, me quedé mirándolo estupefacta.

—¡Señorita Doyle! —gritó ahora con lívida furia.

—Señor —tartamudeé.

—¡Abra la puerta!

—Yo… no puedo…

Bruscamente, el capitán bajó la escalera con las pistolas en la mano. Cuando llegó a la barandilla, se metió una de las armas debajo del brazo y con celeridad alzó el pestillo de la puerta, de manera que permaneció abierta por encima del mar.

—¡Señor Hollybrass! —aulló.

El señor Hollybrass, con el sudor corriendo por su cara ardiente y colorada, aproximó el cuerpo, pero se detuvo y lanzó al capitán Jaggery una mirada de súplica.

El capitán escupió al cuerpo de Cranick.

—¡Fuera! —insistió.

El primer oficial empujó el cadáver a través de la puerta abierta. Se oyó una zambullida. Se me volvió del revés el estómago y observé cómo algunos marineros se estremecían.

El capitán habló de nuevo.

—El señor Cranick no formaba parte de este barco —dijo—. Su llegada y salida no tienen nada que ver con nosotros. Ni siquiera serán registradas en el diario. Aparte de eso, deben saber que son un desdichado atajo de perros. Ha bastado una niña —me señaló con un gesto—, para desenmascararlos.

Ojos ariscos se giraron hacia mí. Avergonzada, desvié la mirada, tratando de ahogar mis lágrimas.

—En cuanto al resto de ustedes —continuó el capitán—, sólo pido que uno, el segundo al mando si lo tienen, se presente y reciba su castigo. Entonces el viaje seguirá como antes. ¿Quién será?

Cuando nadie habló, el capitán se giró hacia mí:

—Señorita Doyle, siendo nuestra única dama, le concederé ese privilegio. ¿A quién de estos hombres elegirá?

Le miré con horrorizado asombro.

—¡Sí, usted! Como fue usted quien destapó esta despreciable trama, le cedo el honor de ponerle fin. ¿A quién elegirá para dar ejemplo?

Sólo pude negar con la cabeza.

—Venga, venga. No sea tímida. Debe de tener algún favorito.

—Por favor, señor —susurré. Miré abajo hacia la tripulación, parecían ahora animales apaleados—, no quiero...

—Como es usted demasiado blanda, tendré que elegir yo.

—Capitán Jaggery... —intenté suplicar.

Contempló a los hombres. Luego dijo:

—Señor Zachariah, un paso al frente.

Capítulo 11

Zachariah no tuvo que moverse ya que los que estaban a su alrededor retrocedieron. Se quedó allí solo, como si le hubieran abandonado en una isla del Pacífico. Aunque no levantó la vista, sin embargo dio señas de sentir su abandono. Hombre ya de por sí pequeño y arrugado, pareció disminuir de tamaño.

—Señor Zachariah —dijo el capitán—. ¿Tiene algo que decir?

Zachariah permaneció en silencio.

—Lo mejor será que hable por sí mismo —le provocó el capitán—. Dudo de que sus amigos digan una palabra en su defensa. Son unos cobardes —se detuvo como si esperara que alguien le desafiara. Como nadie habló, asintió con la cabeza— y está en esta situación por culpa de sus compañeros, señor Zachariah. Por culpa de la petición en rueda. Ahora, señor, le pregunto de nuevo: ¿tiene algo que decir en su propio nombre?

Al principio Zachariah se quedó mirando hacia delante como muerto: luego desvió su mirada ligeramente. Ahora sí estaba segura de que me estaba mirando a mí.

Traté de girarme pero no pude. En vez de eso me quedé mirándolo, con los ojos inundados de lágrimas. Zachariah empezó a hablar:

—He... sido... marinero durante más de cuarenta años —dijo lentamente—. He... tenido capitanes duros y capitanes fáciles. Pero usted, señor, ha... ha sido el peor. No, no me arrepiento de haberme amotinado contra usted —continuó vacilante—. Sólo desearía haber actuado antes. Perdono a la niña. La ha utilizado. Ella no lo sabía. Perdono también a mis compañeros. Saben que donde manda Jaggery... ningún... Dios aparece.

—Un bonito discurso —dijo el capitán con desdén—. Y una confesión como nunca había oído ninguna. Pueden tomar nota en caso de que alguien se moleste en hacer preguntas, aunque pienso que nadie se molestará —miró despreciativamente al resto de la tripulación—. ¿Hay algún marinero entre ustedes que quiera apoyar la calumnia de este negro?

Nadie habló.

—¡Anímense! —les acosó—. ¿Quién será lo suficientemente valiente para decir que el capitán Andrew Jaggery es el peor patrón al que nunca han servido? ¡Hablen! Doblaré la paga del hombre que diga "sí".

Aunque el odio brillaba en sus ojos de forma muy evidente, nadie se atrevió a ponerle voz. Tanto temían al capitán.

—Muy bien —dijo—. Señor Hollybrass, ate al señor Zachariah.

El primer oficial dudó.

—¡Señor Hollybrass!

—Sí, sí, señor —mascullό el hombre. Casi arrastrando los pies, se aproximó a Zachariah, pero luego permaneció delante del anciano como si tratara de calmarse. Finalmente alargó la mano. Zachariah retrocedió pero fue en vano. El primer oficial le cogió por el brazo y le condujo de espaldas por los escalones.

Mientras miraba, consciente sólo de que algo terrible estaba a punto de suceder, el señor Hollybrass colocó a Zachariah contra la barandilla exterior y le quitó la chaqueta. La piel del pecho del anciano colgaba caída y arrugada como una andrajosa bolsa de arpillera.

El señor Hollybrass giró a Zachariah de manera que estuviera frente a los obenques, luego trepó por ellos y con un trozo de cuerda le ató las manos, tirando de él de forma que el pobre hombre colgara de sus muñecas, sujetándose a penas sobre las puntas de sus dedos descalzos.

Zachariah no pronunció una palabra.

Me giré para mirar al capitán Jaggery. Sólo entonces vi que tenía un látigo en sus manos, sus cuatro correas se retorcían como la cola de un gato furioso. Ignoraba de dónde lo había sacado.

Sintiéndome mal, intenté abandonar la cubierta.

—Señorita Doyle —gritó el capitán—. Usted se quedará.

Me detuve muerta.

—La necesito como testigo —me informó.

El capitán ofreció el látigo a su primer oficial.

—Señor Hollybrass —dijo—, Zachariah recibirá cincuenta latigazos.

De nuevo Hollybrass dudó, sus cejas levantadas interrogantes.

—Capitán —dijo—, cincuenta latigazos me parecen...

—Cincuenta —insistió el capitán—. Empiece.

Hollybrass agarró el látigo. Mientras se tomaba su tiempo para situarse detrás de Zachariah, pude ver cómo su mano se doblaba nerviosa y sus sienes latían.

—¡Rápido! —exigió el capitán.

Hollybrass levantó su brazo. Una vez más se detuvo, inspiró profundamente y, con lo que pareció ser el más simple giro de muñeca, el látigo se disparó hacia delante; sus correas silbaron por el aire y escupieron contra la espalda de Zachariah. En el instante en que tocaron la piel del anciano, aparecieron cuatro verdugones.

Sentí que me desmayaría.

—Con fuerza, señor Hollybrass —le apremió el capitán—. Con fuerza.

Hollybrass levantó su brazo. De nuevo giró la muñeca. El látigo golpeó. El cuerpo de Zachariah dió una sacudida. Cuatro nuevas líneas cruzaron las primeras.

—Capitán Jaggery —grité de repente, tan sorprendida de hacerlo como todos.

El capitán, sobresaltado, se giró hacia mí.

—Por favor, señor —le supliqué—. No debe hacerlo.

Por un momento el capitán no dijo nada. Su cara empalideció.

—¿Por qué no debo? —preguntó.

—No... no es... justo –tartamudeé.

—¿Justo? —repitió, su voz espesa de burla—. ¿Justo? Estos hombres han intentado matarme y, sin duda, también a usted, y ¿usted habla de justicia? Si es justicia lo que quiere, le puedo citar el capítulo y párrafo del código del almirantazgo donde dice que serviría mejor a la justicia si disparara a estos perros.

—Por favor, señor —dije, con lágrimas corriendo por mis mejillas—. No se lo tenía que haber dicho. No lo sabía. Estoy segura de que el señor Zachariah no quería hacerle daño. Estoy segura de que no.

—¿Que no me quería hacer daño, señorita Doyle? —el capitán levantó el papel de la petición en rueda—. Estoy seguro de que en la escuela le enseñan a razonar mejor que eso.

—Pero, no tenía ni idea de...

—¡Por supuesto que sí tenía idea! —el capitán gritó, levantando la voz para que todos pudieran oírle—. Usted vino a mí, asustada y aterrorizada, para informarme de lo que había visto. Qué acertada estuvo al hacerlo. Y acertado es lo que estamos haciendo aquí. El orden verdadero tiene que ser mantenido.

Se volvió:

—Señor Hollybrass, no le ha dado más que dos latigazos. Si no lo puede hacer mejor, échese a un lado para que siga alguien que tenga el coraje.

Hollybrass suspiró, pero se armó de valor y le azotó una vez más. Zachariah ya no estaba apoyado sobre sus pies, simplemente estaba colgando.

Una vez más el látigo fustigó. Esta vez el anciano gimió.

No lo pude aguantar más. Una oleada de lágrimas y sentimiento de culpa me empujó sobre Hollybrass, quien no esperaba un ataque, se tambaleó y luego cayó sobre cubierta. Caí con él.

En la confusión, conseguí arrebatarle el látigo y ponerme de pie de un salto. Intenté tirarlo por la borda.

Pero el capitán Jaggery fue demasiado rápido y me agarró con un gruñido. Frenéticamente, me escabullí de sus manos y me quedé de pie enfrente de él, jadeando, llorando y sujetando el mango del látigo con fuerza.

—No debe hacerlo —no dejaba de decir—. No debe hacerlo.

—¡Deme eso! —gritó el capitán, acercándose a mí de nuevo, con la cara encendida de ira.

—Usted no debe hacerlo —no dejaba de repetir—. Usted no debe hacerlo.

Dio otro paso hacia mí. Me aferré a la barandilla exterior, y en un gesto de defensa, levanté mi brazo, al hacerlo sacudí el látigo en el aire, inflingiendo al capitán un corte en la cara.

Un instante después un verdugón rojo le marcaba desde su mejilla izquierda a su oreja derecha. La sangre empezó a manar.

Me quedé de pie, asombrada por lo que había hecho.

El capitán también permaneció quieto, con la cara transfigurada por la sorpresa y el dolor. Levantó la mano hasta su mejilla, la tocó delicadamente y luego se examinó las puntas de los dedos. Cuando vio que estaban manchadas de sangre, lanzó un feroz juramento, saltó hacia delante y me arrancó el látigo de la mano; se giró y empezó a fustigar a Zachariah con una furia que nunca había visto. Finalmente, agotado, dejó caer el látigo y se marchó de cubierta.

El señor Hollybrass, con la cara blanca como el papel, tragó con esfuerzo y murmuró:

—Regresen todos a sus puestos.

Gimiendo, se agachó para recoger las pistolas y las otras armas y siguió al capitán.

Por un momento nadie dijo ni hizo nada. Pareció que no habían oído al primer oficial. Fue Fisk quien rompió el hechizo:

—¡Desatadle! —le oí gritar.

Ewing corrió hacia delante y trepó por los obenques. Un instante después el cuerpo marcado y sangriento de Zachariah cayó sobre cubierta.

Keetch se arrodilló sobre él mientras los otros, de pie en un círculo cerrado, miraban hacia abajo rodeados de un terrible silencio. No podía ver nada de lo que estaba sucediendo. Esperé sola, temblando, tratando de asimilar todo lo que había visto y hecho.

Pero mientras miraba desde fuera de su círculo empecé a sentirme enferma, tan enferma que me apreté la tripa, me giré y vomité al mar.

Estremecida, débil de tanto llorar, volví a mirar a los marineros. Habían cogido a Zachariah y lo estaban llevando hacia el castillo.

Me habían dejado sola.

Capítulo 12

Abrumada por la tristeza, me arrojé sobre la cama. Lloré por Zachariah, por Cranick, incluso por el capitán Jaggery. Pero sobre todo lloré por mí misma. No había forma de ocultar el hecho de que todo el horror del que había sido testigo había sido provocado por mí.

Mientras las espantosas escenas se repetían en mi cabeza, me di cuenta de que tampoco había forma de negar lo que el capitán había hecho. El capitán Jaggery, mi amigo, mi guardián —el empleado de mi padre— había sido indescriptiblemente cruel. No sólo había matado a Cranick (quien, sabía, le estaba amenazando), también había intentado matar a Zachariah por la única razón ¡de estar indefenso! Le escogió porque era el mayor y el más débil. ¿O fue porque era negro? O, me pregunté a mí misma de repente, ¿porque era mi amigo?

Sólo de pensarlo temblé convulsivamente. Se redoblaron las lágrimas de arrepentimiento y culpa.

Mi llanto duró casi una hora. Aparte de revivir los aterradores acontecimientos, estuve tratando desesperadamente de decidir qué hacer. Alcancé a comprender que la tripulación no sentiría nada más que odio por mí, ya que les había traicionado. Y estaban en lo cierto. Después de su amabilidad y aceptación yo les había traicionado.

¿Y el capitán Jaggery? Sin querer hacerlo le había agraviado al azotarle la cara, aunque fuera sin intención. ¿Podría, querría perdonarme?

Aparte de otras consideraciones, yo había sido educada en la creencia de que cuando hacía algo mal (y cuántas veces mi paciente padre encontró que había cometido alguna falta) era mi responsabilidad, sólo mía, el admitir mi falta y corregirla.

Poco a poco, llegué a creer que, sin importar lo desagradable que fuera, tenía que suplicar el perdón del capitán. Y cuanto antes lo hiciera, mejor.

Me levanté con esta idea en mi cabeza, me cepillé el pelo, me lavé la cara, me alisé el vestido y me limpié los zapatos. Luego, tan arreglada como pudiera estarlo dadas las circunstancias, fui hasta la puerta de su camarote y llamé tímidamente.

No hubo respuesta. Llamé de nuevo, quizá un poco más fuerte.

Esta vez le oí:

—¿Quién está ahí?

—Charlotte Doyle, señor.

Mis palabras fueron acogidas por un silencio funesto. Pero después de un rato dijo:

—¿Qué quiere?

—Por favor, señor. Le suplico que me deje hablar con usted.

Al obtener un silencio de nuevo como respuesta, estuve a punto de aceptar el rechazo y marcharme. Pero al final oí pasos dentro. Y llegó la palabra: «entre».

Abrí la puerta y miré dentro. El capitán Jaggery estaba de pie dándome la espalda. Permanecí en el umbral esperando a que me invitara a avanzar. Ni se movió ni habló.

—¿Señor? —intenté.

—¿Qué?

—Yo... yo no quería...

—¿Usted no quería qué?

—Yo no quería... interferir —conseguí decir, mientras avanzaba sumisamente hacia él—. Estaba tan asustada... No sabía... No tenía la intención... —pero el capitán continuó en silencio y flaqueé. Sin embargo, recuperando las fuerzas de nuevo, tartamudeé—: y cuando tuve el látigo...

De repente me di cuenta de que estaba a punto de girarse. Mis palabras murieron en mis labios.

Se giró. Y le vi. El verdugón que le había hecho a lo largo de su cara era una roja herida abierta. Pero fueron sus ojos los que me hicieron estremecer. No reflejaban nada más que un odio implacable. Y todo él dirigido hacia mí.

—Señor... —intenté decir—, yo no quería...

—¿Sabe usted lo que ha hecho? —dijo, su voz como un silbido.

—Señor...

—¿Sabe lo que ha hecho? —rugió esta vez.

Mis lágrimas empezaron a caer de nuevo.

—Yo no quería, señor —le supliqué—. No, no quería. Créame.

—Me insultó delante de mi tripulación como un hombre no debe ser insultado nunca.

—Pero...

—Insultado por una quejica, egocéntrica, fea, despreciable niña —me escupió —, ¡que merece ser fustigada como un caballo!

Caí de rodillas, las manos dobladas en oración como si le estuviera suplicando.

—Dejemos que se ocupen ellos de usted —gruñó—. De la forma que quieran. Le retiro mi protección. ¿Lo entiende? No quiero tener nada que ver con usted. ¡Nada!

—Señor...

—¡Y no se atreva a venir de nuevo a mi camarote! —me gritó—. ¡Nunca!

—Empecé a llorar fuera de control.

—¡Fuera! —rugió—. ¡Fuera! —vino hacia mí.

Con gran terror salté, rasgando el dobladillo de mi vestido, y huí a mi camarote. Pero si se tiene que conocer la verdad (y cuando empecé a poner por escrito esta historia juré que sólo contaría la verdad), incluso en ese momento sólo trataba de encontrar una manera de aplacar al capitán y recobrar su favor. Si hubiera podido ganarme su perdón (sin importarme a qué precio), habría aprovechado la oportunidad.

Esta vez no lloré. Estaba demasiado entumecida, demasiado conmocionada. En lugar de eso, me quedé inmóvil (como cuando puse la vista por primera vez en el

Halcón del mar) tratando de pensar en lo que podía hacer.

Intenté, desesperadamente, imaginarme qué querría mi padre, incluso mi madre o la señorita Weed, que hiciera, pero no pude encontrar una respuesta.

En busca de una solución, al final salí atemorizada de mi camarote y me dirigí a cubierta. Me dije que lo que quería, necesitaba, era aire fresco. Aunque la verdad era que me empujaba la necesidad de saber cómo me recibiría la tripulación.

El barco seguía a la deriva. Nuestras velas no habían atrapado ni un ápice de viento. Las cubiertas parecían desiertas una vez más. Lo primero que pensé fue que ¡la tripulación había huido! Sólo oía el aleteo de las velas, el tintineo de las cadenas, el gemido de los botes de madera. Era como si los motores del mundo se hubieran detenido.

Pero cuando miré a la cubierta del alcázar descubrí a la tripulación. Estaban de pie en silencio con las cabezas inclinadas. Oí la voz profunda de Fisk, aunque al principio no pude entender que es lo que estaba diciendo.

Hollybrass estaba de pie un tanto apartado, les miraba fijamente con sus oscuros ojos. En la mano tenía una pistola, pero no parecía dispuesto a interferir de ninguna manera.

Tímidamente, subí los escalones hacia la cubierta del alcázar para ver mejor. Ahora me di cuenta de que la tripulación estaba agrupada en torno a algo, parecía un saco, que estaba tendido en la cubierta. Tras examinarlo más de cerca comprendí que era una hamaca de lona, como las que usaban los hombres para dormir. Estaba enrollada y tenía una extraña y voluminosa forma.

Nadie se percató de mi presencia ya que permanecí junto a la barandilla delantera. Poco a poco entendí lo que Fisk estaba diciendo: era una oración. En un instante lo comprendí todo: la hamaca estaba envuelta alrededor de un cuerpo. Y el cuerpo tenía que ser el de Zachariah. Había muerto de la paliza. Me encontraba en su funeral; los hombres estaban a punto de enviar su cuerpo al mar.

La oración de Fisk no fue larga, pero la pronunció lentamente, y lo que oí de ella estaba teñido de amargura: era una llamada a Dios para vengarles, ya que ellos, pobres marineros, no podían vengarse por sí mismos.

Cuando Fisk hubo terminado, Ewing, el señor Keetch, Grimes y Johnson se inclinaron y levantaron la hamaca. Con gran esfuerzo, dado el peso, se aproximaron a la barandilla de estribor y allí, emitiendo al unísono una especie de gruñido, tiraron su carga. Unos segundos después se escuchó un «plaf» seguido de murmullos de «amén», «amén».

Me estremecí.

Fisk terminó con una breve oración. Finalmente se giraron y me vieron.

No podía moverme. Se me quedaron mirando fijamente con una expresión que sólo pude interpretar como de odio.

—Lo siento… —fue lo único que pude balbucir.

Nadie contestó. Mis palabras se quedaron a la deriva en el aire y luego murieron.

—No me di cuenta… —logré decir, pero no pude terminar. Me caían las lágrimas sin cesar. Bajé la cabeza y empecé a sollozar.

Entonces oí:

—Señorita Doyle…

Continué llorando.

—Señorita Doyle —vinieron de nuevo las palabras.

Me forcé a mirar arriba. Era Fisk, con semblante más fiero de lo habitual.

—Váyase con el capitán —dijo bruscamente—. Es su amigo.

—¡No lo es! —contesté entre gimoteos—. ¡No quiero tener nada que ver con él! ¡Le odio!

Fisk levantó un puño, pero lo dejo caer con abatimiento.

—Os quiero ayudar —ofrecí—. Para mostraros cuánto lo siento.

Simplemente continuaron mirando.

—Por favor —desvié mi mirada hacia los demás. No vi ninguna comprensión.

Con el corazón roto, inicié el regreso a mi camarote, deteniéndome sólo frente a la puerta cerrada del capitán.

Una vez sola, me entregué a un llanto desconsolado. No sólo me sentía completamente aislada, era algo peor: estaba segura de que los terribles acontecimientos del día, ¡la muerte de dos hombres!, habían sido desencadenados por mí. Aunque podía encontrar una justificación a la muerte de Cranick, ¡difícilmente podía acusar a nadie más que a mí misma del asesinato de Zachariah! Había sido yo (a pesar de todas las advertencias) quien se había negado a ver al capitán Jaggery como el villano que era; era yo quien había destapado su cólera al hablarle de la pistola de Ewing, de la petición en rueda y del polizón.

Pero mi reciente descubrimiento no me ayudaba a decidir qué hacer.

Aún estaba en la cama —debía de haber pasado una hora— cuando oí que la campana del barco empezaba a sonar. Después oí un grito del señor Hollybrass:

—¡Todos a cubierta! ¡Todos a cubierta!

Me senté y escuché. Lo primero que pensé es que quizá se había levantado el viento y era una llamada para orientar las velas. Pero no oí ninguno de los habituales sonidos: las olas rompiendo o el siseo del viento en las velas, que hubieran acompañado un cambio del tiempo.

Luego pensé que quizá un nuevo espanto se cernía sobre nosotros. Alarmada, pero incapaz de contener mi curiosidad, me deslicé de mi cama y cuidadosamente abrí la puerta.

Una vez más escuché la campana sonando y el grito:

—¡Todos a cubierta! ¡Todos a cubierta!

Con creciente aprensión, entré a hurtadillas en el entrepuente y asomé la cabeza para poder ver la cubierta. La tripulación estaba de pie en el combés, mirando.

Me arrastré hacia delante.

El capitán Jaggery agarraba con tanta fuerza la barandilla del castillo que tenía los nudillos blancos. El verdugón que le cruzaba la cara había enrojecido.

El señor Hollybrass estaba a su lado.

—... dije lo que quería decir —escuché al capitán—. Ha sido por su propia locura por la que han perdido a Zachariah –continuó—. No es que trabajara mucho, al igual que ustedes. El señor Fisk asumirá las tareas de

Zachariah en la cocina. Y en cuanto al señor Keetch, como parece que prefiere servirles a ustedes más que a mí... le enviaré al alcázar donde estará más cómodo. Como la posición de segundo oficial se queda vacante, se la ofrezco al señor Johnson. Él, al menos, tuvo la inteligencia de perro de no firmar su petición en rueda. Respecto al puesto del señor Johnson en la guardia... ¡todos ustedes serán responsables de él! ¡No me importa cómo lo hagan, pero quiero que en cada turno de guardia haya cinco hombres!

Estas últimas palabras, que no comprendí, fueron recibidas con un silencio sepulcral.

Un momento después, Morgan dio un paso al frente:

—Pido permiso para hablar, señor.

Creo que nunca había oído su voz.

El capitán se giró ligeramente, le miró con furia pero asintió.

—Capitán Jaggery, señor —gritó Morgan—. En ningún sitio está escrito que un capitán pueda pedir a uno de sus hombres que trabaje más de un turno. Sólo en caso de emergencia.

El capitán miró a Morgan durante un segundo y dijo:

—Muy bien, señor Morgan, entonces: ¡esto es una emergencia! Si estas órdenes le ocasionan algún inconveniente, échele la culpa al señor Cranick y a la impertinencia de Zachariah. Y si aun así siente tanta compasión por estos estúpidos, puede hacer usted mismo el turno extra.

Diciendo eso, se volvió hacia el señor Hollybrass.

—Ordene a la guardia del segundo cuartillo que limpien la proa hasta que vuelva a soplar de nuevo el viento. ¡Despida al resto! —vociferó.

El señor Hollybrass se volvió hacia la tripulación y repitió las órdenes del capitán.

Sin decir una palabra, los hombres le dieron la espalda, algunos arrastrándose penosamente a proa para trabajar, otros perdiéndose en el castillo. Lo único que quedó en cubierta fue la mancha de la sangre de Cranick.

Insegura, me dirigí a la cocina. Fisk ya estaba allí, su voluminoso cuerpo inundaba el reducido espacio como el de Zachariah nunca lo había hecho. Me quedé quieta un poco más allá del umbral esperando a que se diera cuenta de mi presencia. Como no lo hizo, susurré:

—Señor Fisk...

Se volvió pero sin ofrecer nada más que una mirada hostil.

—¿Qué quiso decir el capitán? —pregunté, con voz tímida.

Fisk continuó mirándome sombríamente.

—Dígamelo —le supliqué—. Tengo que saberlo.

—Desde el principio la tripulación era insuficiente —dijo—. Ahora me ha insultado, ha ascendido a Johnson y rebajado a Keetch. Todo eso nos deja más cortos de hombres que antes. El capitán pretende hacernos trabajar hasta que desfallezcamos.

—¿Puedo... puedo ayudarles de alguna manera?

—¿Usted? —dijo Fisk con incrédulo desdén, y se dio la vuelta.

—Señor Fisk, tiene que creerme. Quiero ayudar.

—Usted es la señora pasajera, señorita Doyle. La espía.

Empecé de nuevo a llorar.

—Yo no sabía…

Enfadado, se giró en redondo.

—Creo que la señorita Doyle está confundida. ¡Usted sí sabía! Lo sabía gracias a Zachariah. Lo sé. Nos contó que intentó convencerla: "¡Oh, la señorita Doyle cree en el honor!", nos dijo, "¡es la encarnación de la justicia!" —Fisk escupió en el suelo—. ¡Honor! Lo que usted quiere decir, señorita Doyle, es que eligió no prestar atención a sus palabras porque Zachariah era un viejo negro que no tenía los encantos del capitán.

Agaché la cabeza.

—¿Puede cocinar? —gruñó—. ¿Hacer nudos? ¿Manejar el timón? Creo que no, señorita. Así que mejor siga donde está. Cuando lleguemos a Providence se irá a casa y le garantizo que nunca más se acordará de nosotros.

—¡Eso no es cierto!

—Váyase con el capitán, señorita Doyle. Es su querido patrón.

—Señor Fisk —le rogué, con una voz tan débil como mi orgullo—, el capitán no quiere saber nada de mí.

—No, no la perdonará pronto. Tenga cuidado con su amigo, señorita Doyle, ¡tenga cuidado con él!

—Yo no quería…

Me interrumpió abruptamente:

—Los señoritos como usted nunca quieren… señorita Doyle. Pero lo que usted ha hecho…

No lo pude aguantar más. Me retiré a mi camarote. Una vez más me entregué a la culpa y a los remordimientos.

Aquella noche me quedé en mi camarote. No podía comer. Dormí durante algunos ratos, pero nunca mucho tiempo. Hubo momentos en que me arrodillé para pedir perdón. Ansiaba tanto el perdón de la tripulación como el de Dios. Si pudiera reparar mi falta, si pudiera convencer a aquellos hombres de que aceptaba mi responsabilidad.

Cerca del amanecer una idea comenzó a tomar forma en mi mente, al principio sólo un eco de algo que Fisk había dicho. Pero el solo hecho de pensarlo era atroz y me esforcé en alejarla. Sin embargo una y otra vez regresaba, imponiéndose a todas las demás ideas.

Al final me levanté de la cama y busqué debajo de ella la ropa de lona de marinero que Zachariah me había hecho. Se deslizaron algunas cucarachas. Sostuve en alto la arrugada ropa y me fije en su basta forma, su horrible diseño. Flaqueé sólo con tocar la áspera tela.

Cerré los ojos. Mi corazón latía dolorosamente como si estuviera en peligro. No, no podía. Era demasiado horrible. Pero me dije que tenía que aceptar mi responsabilidad para demostrar a esos hombres que me había equivocado con la cabeza, no con el corazón. Lentamente, con miedo, me quité los zapatos, las medias, el delantal y al final el vestido y las enaguas.

Con torpes y nerviosas manos, me puse la ropa de marinero. Sentía los pantalones y la camisa rígidos, pesados como una piel que no me perteneciera. Mis pies desnudos se encogieron al tocar el suelo de madera.

Permanecí un rato de pie, interrogando a mi corazón. Las palabras que Zachariah le había dicho a Fisk sobre mí: "la encarnación de la justicia", resonaron en mi cabeza.

Me deslicé fuera de mi cabina y me arrastré a través del entrepuente. Había amanecido. En el lejano Este pude ver un fino disco de sol. Todo lo demás permanecía a oscuras. Me dirigí hacia la cocina, rezando para no encontrarme a nadie antes de llegar a ella. Por una vez mis oraciones fueron respondidas. Nadie me vio. Fisk estaba trabajando en el fuego.

Me detuve en la entrada.

—Señor Fisk —susurré.

Se enderezó, se giró y me vio. Al menos, me quedaba la satisfacción de la sorpresa.

—Quiero ser —logré decir— uno más de la tripulación.

Segunda parte

Capítulo 13

Por segunda vez me encontraba en el alcázar. La habitación estaba tan oscura y sucia como en la primera ocasión que la vi. Pero ahora acudía como una peticionaria vestida de marinero. Un apesadumbrado Fisk estaba a mi lado. No había sido fácil convencerlo de mi convicción de convertirme en un miembro de la tripulación. Incluso cuando me mostró cierta buena voluntad para creer en mi sinceridad, me avisó de que sería improbable conseguir el acuerdo del resto de los hombres. Insistió en que expusiera el caso ante ellos inmediatamente.

Así que los tres hombres del turno de guardia del señor Hollybrass, Grimes, Dillingham y Foley, fueron los siguientes en escuchar mi petición. Como Fisk había predicho, me estaban contemplando con pocas muestras de estar a mi favor.

—Lo quiero hacer —dije, hallando audacia en la repetición—, quiero ser el reemplazo del señor Johnson.

—Es una niña —escupió Dillingham despectivamente.

—Una niña guapa —añadió Foley. No lo dijo como cumplido—. Se necesita algo más que unas calzas de lona para esconder eso.

—Y una señoritinga —fue la aportación de Grimes, como si eso fuera la evidencia final de mi inherente inutilidad.

—Quiero demostrar que estoy con ustedes —supliqué—. Que cometí un error.

—¿Un error? —dijo Foley con brusquedad—. ¡Dos hombres capaces han muerto!

—Además —concedió Dillingham—, traerá más problemas que otra cosa.

—Me pueden enseñar —propuse.

—Por los clavos de Cristo —gritó Grimes—. ¡Se cree que esto es una escuela!

—Y el capitán —preguntó Foley—. ¿Qué dirá?

—No quiere saber nada de mí —repliqué.

—Eso es lo que dice. Pero usted era su niña querida, señorita Doyle. Si la acogemos, el capitán la querrá de vuelta. ¿Dónde nos dejaría eso a nosotros?

Y así continuamos, dando vueltas en círculo. Los hombres ponían objeciones y yo trataba de contestarlas, Fisk no decía nada.

Aunque traté de mantener la cabeza alta, con la mirada fija, no era fácil. Me miraban como si fuera una cosa repugnante. Al mismo tiempo, cuantas más objeciones planteaban, más decidida estaba a probarme a mí misma.

—Mire, señorita Doyle —concluyó Dillingham—. No es un asunto fácil. Entiéndalo, si usted se compromete, por así decirlo, está dentro. No podrá huir a puerto al primer problema o cuando escuche una blasfemia. O es una mano o no es una mano, y no será fácil. Eso es todo lo que puedo prometer.

—Lo sé —dije.

—Extienda sus manos —me pidió.

Fisk me dio con el codo. Las mostré, con las palmas hacia arriba.

Foley las miró cuidadosamente.

—Como maldita mantequilla —dijo con disgusto—. Toque las mías —insistió y las extendió. Con cuidado toqué una de ellas. Su piel era como áspero cuero.

—Éstas son las manos que se le quedarán, señorita. Como las de un animal. ¿Eso es lo que quiere?

—No me importa —dije firmemente.

Fue Dillingham quien al final preguntó:

—¿Y ocupará su puesto en las jarcias? ¿Con buen o mal tiempo?

Eso me hizo dudar.

Fisk atrapó mi duda.

—Responda —me instó.

—Sí —dije audazmente.

Intercambiaron miradas. Foley preguntó después:

—¿Qué piensan los otros?

Fisk asintió con la cabeza y suspiró:

—No dudo de que todos dirán lo mismo.

De repente Grimes exclamó:

—Y digo yo: dejemos que suba a la verga del sobrejuanete. Si lo hace y regresa de una pieza, y aún sigue queriendo ser uno más, entonces permitámosle que sea uno más y sea apaleada, maldita sea, como el resto de nosotros.

—¡Y que haga todo lo que se le pida!

—¡Nada menos!

Con algunos gruñidos los hombres parecieron llegar a un acuerdo entre ellos. Se giraron hacia mí.

—¿Qué dice ahora la señorita Doyle? —preguntó Grimes.

Tragué con dificultad, pero al mismo tiempo dije otro sí.

Foley se puso de pie:

—Muy bien entonces. Iré a reunirme con los otros —salió fuera.

Fisk y yo nos retiramos a la cocina mientras esperábamos un veredicto. Durante ese tiempo me preguntó sobre mi determinación.

—Señorita Doyle —insistió—, usted ha accedido a escalar hasta la punta de la verga del sobrejuanete. ¿Sabe que ésa es la vela más alta del palo mayor? Cuarenta metros y medio arriba. Sólo puede llegar de dos formas. Puede trepar por el propio palo. O puede escalar por los obenques, y usar los flechastes como escalera.

Asentí como si entendiera totalmente lo que estaba diciendo. La verdad es que no quería ni escuchar. Sólo deseaba pasar la prueba.

—Otra cosa, señorita Doyle —continuó—, si se resbala y cae, será afortunada de hacerlo en el mar y ahogarse rápidamente. Ningún mortal podría sacarla lo suficientemente rápido para salvarla. ¿Lo ha entendido?

Tragué con esfuerzo pero asentí:

—Sí.

—Si no es afortunada, se estrellará en la cubierta. Si cae de esa forma o bien quedará lisiada o se matará rompiéndose el cuello. ¿Aún está segura de hacerlo?

—Sí —repetí, aunque algo más tímidamente.

—Le reconoceré una cosa —dijo con una mirada que parecía una mezcla de admiración y desprecio—, Zachariah tenía razón. Es más tozuda que cualquier niña que haya conocido.

Foley regresó pronto.

—Estamos de acuerdo —anunció—. Nadie apoya que se una a la tripulación, señorita Doyle. No, siendo quien es. Todos estamos de acuerdo en eso. Pero si escala hasta la verga del sobrejuanete y llega entera abajo, y sigue queriendo ser de la tripulación, podrá convertirse en uno de los nuestros. No conseguirá nada más de nosotros, señorita Doyle, pero tampoco menos.

Fisk me miró en busca de una respuesta.

—Lo entiendo —dije.

—Muy bien entonces —añadió Foley—. El capitán aún está en su camarote y no parece que vaya a salir antes de las cinco campanadas. Lo puede hacer ahora.

—¿Ahora? —me acobardé.

—Ahora mejor que nunca.

De esa forma, los cuatro hombres me escoltaron hasta cubierta. Allí descubrí que el resto de la tripulación ya estaba reunida.

Una vez comprometida totalmente, me abrumó mi audacia. Los mástiles siempre me habían parecido altos, por supuesto, pero nunca tan altos como en ese momento. Cuando llegué a cubierta y miré arriba, todo mi coraje no hizo sino desmoronarse. Se me encogió el estómago. Me temblaron las piernas.

Nada de eso importaba. Fisk me acompañó hasta el mástil como si me estuvieran conduciendo a la hoguera. Parecía tan sombrío como yo.

Para que pueda entender lo que había asumido hacer, le recuerdo que la altura del palo mayor era de cuarenta metros y medio desde cubierta. Este mástil estaba formado por tres enormes piezas de madera, de hecho, eran árboles, unidos uno al extremo del otro. Soportaba cuatro niveles de velas, cada uno de los cuatro tenía un nombre distinto. En orden, desde el suelo hasta arriba, se llamaban: mayor, gavia, juanete y sobrejuanete.

Mi tarea era escalar hasta lo más alto del sobrejuanete. Y volver abajo. De una sola pieza. Si lo conseguía, ganaría la oportunidad de hacer la escalada cincuenta veces al día.

Como si leyera mis funestos pensamientos, Fisk me preguntó con gravedad:

—¿Cómo subirá, señorita Doyle? ¿Por el mástil o por los flechastes?

Una vez más miré arriba. Era imposible que pudiera trepar directamente por el mástil. Los estays y obenques con sus flechastes me serían de más ayuda.

—Flechastes —musité.

—Pues arriba.

Confesaré que en ese preciso instante mis nervios me traicionaron. Descubrí que era incapaz de moverme. Con el corazón latiendo, miré agitadamente a mi alrededor.

Los miembros de la tripulación, colocados en semicírculo, parecían el jurado de la muerte.

Barlow gritó:

—Dios la bendiga, señorita Doyle.

A lo que Ewing añadió:

—Un consejo, señorita Doyle. Mantenga la mirada puesta en las líneas. No mire hacia abajo. Ni hacia arriba.

Por primera vez sentí que al menos algunos de ellos querían que lo lograra. El darme cuenta me llenó de valor.

Con pasos vacilantes y respiración entrecortada, me acerqué a la barandilla y allí me detuve. Podía oír una vocecita gritando: "¡No lo hagas, no lo hagas!"

Pero fue ahí cuando escuché a Dillingham reírse por lo bajo:

—No tendrá agallas para hacerlo.

Alcancé la barandilla, agarré el flechaste más bajo y me encaramé a lo alto de la barandilla. Nunca había llegado tan lejos. Después, me situé en el lado exterior, de manera que podía inclinarme hacia las jarcias e incluso apoyarme en ellas.

Una vez más miré a la tripulación, los observé *desde arriba*, debería decir. Estaban con la vista clavada en mí, sin expresión en la cara.

Levanté la mirada y la fijé en los cables delante de mí, acordándome del consejo de Ewing. Después, estirando la mano lo más alto posible en uno de los obenques intermedios y agarrando un flechaste, empecé a escalar.

Los flechastes estaban dispuestos a unos cuarenta centímetros, uno por encima del otro, una distancia mayor que mi zancada habitual, así que los pasos que tenía que dar eran grandes para mí. Tenía que tirar tanto de los brazos como empujarme con las piernas. Pero poco a poco iba subiendo, como si ascendiera por una escalera gigantesca.

Cuando alcancé los cinco metros me di cuenta de que había cometido un gran error. Las jarcias estaban colocadas en tramos y cada una llevaba a un nivel diferente del mástil. Podía haber elegido una que se extendiera directamente hacia arriba. Pero opté por una que solo llevaba hasta la primera cofa, al final del palo macho.

Por un instante consideré la posibilidad de retroceder y empezar de nuevo. Eché una rápida mirada abajo. Los rostros de la tripulación estaban vueltos hacia arriba. Comprendí que el más mínimo movimiento hacia atrás sería interpretado como una retirada. Tenía que continuar.

Y eso hice.

Me encontraba trepando por dentro de las lacias velas blancas grisáceas, ascendiendo por ellas como si fueran un banco de desfallecidas nubes.

Más allá de las velas estaba el mar, gris pizarra y siempre ondulante. Aunque el mar parecía en calma, podía sentir su lento empuje y su cabeceo. De repente me di cuenta de que la escalada hubiera sido mucho más difícil con el viento soplando y el barco en marcha. Sólo pensarlo hizo que las palmas de mis manos empezaran a sudar.

Continué hasta que llegué a la verga de la gavia baja. Aquí atisbé de nuevo el mar y me sorprendí al ver lo grande que era ahora. De hecho, cuanto más veía, más *grande* era. Al contrario, el *Halcón del mar* me pareció que había empequeñecido. ¡Cuanto más veía, más *pequeño* me parecía!

Miré hacia arriba. Para seguir escalando tenía que situarme en el tamborete y desplazarme hasta el siguiente tramo de obenquillos, como había hecho antes. ¡Pero ahora al doble de altura!

Abracé con un brazo el mástil (aunque incluso aquí era demasiado grande para abarcarlo completamente), agarré uno de los estays y me alejé. En ese momento el barco cabeceó, el mundo pareció girar y volcarse. Mi estómago se revolvió. Mi corazón se desbocó. Mi cabeza me dio vueltas. Aun así cerré los ojos. Me escurrí, pero agarré un cabo antes de que el barco virara, y me salvé. Sentí ganas de vomitar. Casi sin fuerzas, me aferré al cabo luchando por mi vida. De golpe, comprendí en toda su grotesca dimensión la locura de mi intento. No sólo era una estupidez, sino un suicidio. ¡No regresaría viva!

Pero tenía que seguir trepando. Era mi expiación.

Cuando el barco se calmó de nuevo, agarré los obenques más alejados, primero con una mano, luego con la otra, y me arrastré. Me dirigía a la verga del juanete, cuatro metros y medio más arriba.

Lo más pegada posible a los obenques, continué subiendo, apretando los flechastes tan fuerte que me dieron calambres en las manos. Traté incluso de abrazarlos con los dedos de los pies.

Al final llegué a la verga del juanete, pero descubrí que era imposible descansar allí. El único sitio donde podría pararme estaba en el tamborete, justo debajo de la verga del sobrejuanete.

Me dolían todos los músculos. Mi cabeza flotaba, mi corazón pesaba como un yunque. Mis manos estaban ardiendo, las plantas de mis pies en carne viva. Una y otra vez me tenía que detener, pegando mi cara contra la jarcia con los ojos cerrados. Pero, en un momento dado, a pesar de las advertencias, los abrí y miré hacia abajo. El *Halcón del mar* parecía un juguete de madera. El mar parecía estar en más calma.

Miré arriba. ¡Oh, aún me faltaba tanto! No estoy segura de cómo conseguí el ánimo para moverme. Pero pensar en retroceder me producía el mismo terror. Sabía que no podía quedarme quieta, así que me arrastré hacia arriba, flechaste a flechaste, tardando lo que parecía una eternidad en cada ascensión, hasta que finalmente llegué al nivel justo debajo de la verga de la sobrejuanete.

Un marinero experimentado hubiera tardado dos minutos en alcanzar ese punto. ¡Yo había necesitado treinta!

Aunque sentía el constante vaivén del barco, tenía que descansar. Lo que en cubierta era un ligero movimiento, allí arriba, eran salvajes cabeceos y virajes a través de un traicionero viento.

Me dieron unas arcadas, contraje el estómago, respiré y miré hacia fuera. Pensé que sería imposible, pero el mar me parecía aún más grande. Y cuando miré hacia abajo, las caras de la tripulación, vueltas hacia arriba, me parecieron las de pequeños bichos.

Aún me quedaban más o menos ochos metros hasta arriba. Una vez más agarré la jarcia y me arrastré.

La escalada final fue una tortura. En cada ascensión me parecía que el balanceo del barco aumentaba. Incluso cuando no me movía, oscilaba en el aire en fieros y amplios giros. El horizonte no paraba de bailar, inclinarse y hundirse. Me sentía mareada, con náuseas, aterrorizada, segura de que con el siguiente movimiento resbalaría y me mataría. Me detuve una y otra vez, con la mirada puesta en la jarcia situada a centímetros de mi cara, jadeando y rezando como nunca antes había rezado. Mi única esperanza era que ahora, más cerca del cielo, podría conseguir que mi desesperación fuera escuchada.

Centímetro a centímetro continué. ¡Un centímetro! ¡Medio centímetro! Finalmente, mis dedos temblorosos tocaron la galleta del palo mayor. Había llegado a lo más alto.

Una vez allí me forcé a descansar de nuevo. Pero allí el movimiento pendular del mástil era extremadamente fuerte, el *Halcón del mar* viraba, daba bandazos, se mecía como si tratara de librarse de mí, como un perro sacudiéndose gotitas de agua de su espalda. Cuando miré a lo lejos descubrí un mar infinito, dispuesto, deseoso de tragarme entera.

Tenía que descender.

Si la ascensión había sido dura, descubrí horrorizada que el descenso era peor. Mientras subía al menos podía ver hacia dónde iba, al bajar tenía que ir buscando a tientas con los pies. A veces trataba de mirar. Pero cuando lo hacía, la vista del vacío me mareaba tanto, que tenía que cerrar los ojos.

Cada paso a ciegas era una pesadilla. La mayoría de las veces mi pie sólo encontraba aire. Y entonces, como queriendo burlarse de mi terror, una suave brisa empezó a soplar. Las velas empezaron a llenarse y cerrarse, hinchándose y deshinchándose, algunas veces asfixiándome. Las sacudidas del barco aumentaron, si eso era posible, en intensidad.

Me arrastré hacia abajo, pasé el juanete, donde me detuve brevemente en la cofa, y seguí por el trecho más largo, hacia la verga de la mayor. Ahí fue donde me caí.

Estaba buscando el siguiente flechaste con el pie izquierdo. Encontré un asidero y empecé a poner todo mi peso sobre él, cuando mi pie, deslizándose sobre la resbaladiza superficie de brea, se disparó hacia delante. Sorprendida, perdí mi agarre. Caí hacia atrás, pero de tal forma que mis piernas se enredaron en las líneas. Me quedé suspendida, cabeza abajo.

Grité y traté de aferrarme a algo. Pero no pude. Frenéticamente mis manos sólo tocaban el vacío, hasta que mi mano chocó contra un cabo que colgaba. Lo atrapé, lo perdí y lo volví a atrapar. Haciendo uso de todas mis fuerzas, me levanté y, envolviendo mis brazos entre las jarcias, me anudé al mástil y a las jarcias. ¡Oh, cómo lloré! Todo mi cuerpo se sacudía y temblaba como si fuera a partirse.

Cuando recuperé la respiración, logré liberar primero un brazo y luego mis piernas. Estaba libre.

Continué bajando. Cuando llegué a la verga de la mayor, estaba entumecida y gimoteando, con lágrimas en los ojos.

Me moví hacia los obenques y avancé hacia la vela más baja.

Cuando aparecí debajo de ella, la tripulación gritó con fuerza: ¡Hurra!

¡Mi corazón se llenó de emoción!

Cuando llegué al final, Barlow se adelantó, sonriendo, y extendió los brazos hacia arriba:

—¡Salta! —gritó—, ¡salta!

Pero, decidida a hacerlo todo por mí misma, negué con la cabeza. Me dejé caer sobre mis dos piernas de goma y me derrumbé en cubierta.

En cuanto aterricé, la tripulación me gritó otro ¡hurra! Con el corazón enaltecido, me tambaleé sobre mis piernas. Sólo entonces vi al capitán Jaggery, se abrió camino entre el cordón de hombres y se plantó delante de mí.

Capítulo 14

Ahí me quede. El semicírculo de la tripulación, detrás de mí, pareció retroceder ante el capitán y el señor Hollybrass, quien apareció detrás, no muy lejos.

—Señorita Doyle —dijo el capitán con una furia apenas reprimida—. ¿Qué significa esto?

Permanecí callada. ¿Cómo podía explicárselo? Además, no me quedaban palabras dentro. Había sufrido demasiadas transformaciones de humor y espíritu en las últimas veinticuatro horas.

Ante mi silencio, me preguntó:

—¿Por qué está vestida de esa forma escandalosa? ¡Respóndame! —cuanto más enfadado estaba, más se oscurecía el verdugón de su cara—. ¿Quién le ha dado permiso para escalar por las jarcias?

Retrocedí un paso y dije:

—Me… me he unido a la tripulación.

Incapaz de comprender mis palabras, el capitán Jaggery se quedó mirándome fijamente. Poco a poco fue entendiendo. Su cara enrojeció. Cerró los puños.

—Señorita Doyle —dijo rechinando los dientes—, vaya a su camarote, quítese esas obscenas prendas y póngase ropa apropiada. Está provocando un trastorno. No lo permitiré.

Pero permanecí allí de pie, sin moverme ni responder, y entonces gritó:

—¿No me ha oído? ¡Regrese a su camarote!

—No lo haré —estallé—. Ya no soy una pasajera. Soy uno de ellos.

Y diciendo eso, retrocedí hasta que sentí a los hombres a mi alrededor.

El capitán miró a la tripulación.

—¿Y ustedes? —se mofó—. Supongo que la acogerán.

La respuesta de la tripulación fue el silencio.

El capitán no parecía muy seguro de qué hacer.

—Señor Hollybrass —ladró finalmente.

—A sus órdenes, señor.

El capitán enrojeció de nuevo. De nuevo concentró toda su atención en mí.

—Su padre, señorita Doyle —declaró—, no permitiría esto.

—Creo que conozco a mi padre, oficial de la compañía propietaria de este barco y su patrón, mejor que usted —dije—. Él aprobaría mi comportamiento.

La incertidumbre del capitán aumentó. Al final replicó:

—Muy bien, señorita Doyle, si usted no se viste como le corresponde en este instante, si insiste en seguir jugando, no le daré la oportunidad de cambiar de opinión. Si se convierte en un miembro de la tripulación, será uno de ellos. Le prometo que le ordenaré lo que considere.

—¡No me preocupa lo que haga! —le respondí.

El capitán se giró a su primer oficial.

—Señor Hollybrass, recoja las pertenencias de la señorita Doyle de su camarote. Déjele que ocupe su sitio en el castillo, con la tripulación. Apunte al *señor Doyle,* y anote en el diario que hemos perdido a la *señorita Doyle.* Desde este momento, espero *verle* trabajar como el resto—, y tras esas palabras, desapareció en el entrepuente.

Tan pronto como lo hizo, ¡la tripulación (a excepción del señor Hollybrass) dejó escapar otra ruidosa ovación!

De esa manera me convertí en un miembro más de la tripulación del *Halcón del mar*. A pesar de los graves errores que había cometido (frustrar el motín liderado por Cranick y desatar la crueldad infligida a Zachariah), los marineros parecieron aceptar mi cambio de lealtad y mi posición sin reservas. Para ellos, mi deseo de convertirme en un miembro de la tripulación no era sólo un acto de expiación sino un hiriente desaire al capitán Jaggery. Tras demostrar, escalando las jarcias, mi voluntad de hacer lo mismo que ellos, tras verme firme ante el capitán Jaggery, empezó un intenso aprendizaje. Los marineros se convirtieron en mis profesores. Me ayudaron, trabajaron conmigo, me guiaron a través de los peligros mortales que acechaban en cada trabajo. Fueron mucho más pacientes con mis recurrentes errores que mis profesores en la Escuela para señoritas Barrington, donde no hacía más que aprender caligrafía, ortografía y los antiguos escritos de moralidad.

Debe creerme también cuando le digo que no eludí ninguna tarea. Aunque hubiera querido, había quedado demasiado claro desde el principio que no se me permitiría hacer novillos.

Rellené de estopa la cubierta, rasqué el casco, permanecí de guardia hasta que el amanecer bendecía el mar y la luna atravesaba el cielo de medianoche, lancé la sonda para ver la profundidad del mar, cumplí con mi turno en el timón, limpié la cubierta y embreé las jarcias, empalmé cabos e hice nudos. Comía con la tripulación. Y subía arriba.

De hecho, la primera ascensión a lo más alto del palo mayor no fue sino el preludio de muchas subidas diarias. Por supuesto, después de esa primera siempre había otros que venían conmigo. Allí arriba, por encima del mar, mis compañeros me enseñaron a trabajar con una mano (la otra tenía que estar agarrada), a colgar sobre los palos, a acortar las velas, a ponerme en los extremos de las líneas. Así llegué a trabajar en todas las velas, todas las horas del día.

En cuanto al capitán, fue fiel a su palabra. No, más que a su palabra. Continuó tratando a su tripulación sin piedad y, desde que yo era parte de ella, los trataba, a mí en concreto, con más dureza que antes. Pero aunque lo intentaba no podía encontrar motivo para quejarse. No le hubiera dejado.

Mi conocimiento del trabajo físico había sido nulo hasta entonces; así que no debe de extrañar que desde que me uniera a la tripulación estuviera toda dolorida. Tenía tantos dolores como si mi cuerpo hubiera sido torturado.

Mi piel se volvió rosa, luego roja y luego marrón. Las palmas de las manos primero se convirtieron en rezumantes y supurantes llagas, y luego se metamorfosearon en una nueva áspera piel, como me habían prometido. Cuando terminaba mi guardia, me tiraba en mi hamaca y dormía un profundo sueño, aunque nunca más de cuatro horas, y a veces menos.

Tengo que contar algo sobre las condiciones en las que dormía. Se acordará que el capitán me prohibió regresar a mi camarote, e insistió en que me instalara en el castillo con los hombres. Sin duda pretendía humillarme y hacerme regresar a mi sitio.

Los hombres se reunieron ese primer día y decidieron con un pacto sagrado ofrecerme un sitio entre ellos, y juraron darme la mayor privacidad que podían ofrecerme. Serían mis hermanos. Dejé de llamarme señorita Doyle y me convertí en Charlotte.

Me dieron una hamaca colocada en una esquina. Alrededor clavaron un trozo de vela rota como si fuera una cortina. El espacio estaba reservado para mí, y así se mantuvo.

Es verdad que oía (y aprendí) su rudo lenguaje. Tengo que confesar que, haciendo gala de mi recién estrenada libertad, utilicé algunos descarados términos, para diversión inicial de los hombres. Pero después de un tiempo, se convirtió en un hábito para mí y para ellos. No digo esto para fanfarronear sino para demostrar la completa asimilación que había hecho de mi nueva vida. Llegué a sentir una alegría que nunca antes había experimentado.

Quince días después, me encontraba en lo alto del trinquete, abrazada a la verga del juanete, mientras mis morenos pies descalzos se balanceaban con destreza sobre los marchapiés. Habían dado las siete campanadas de la guardia del segundo cuartillo, poco antes del amanecer. El viento soplaba del noroeste. Nuestras velas estaban tensas. Las alas estaban colocadas.

Debajo, la proa del barco, como si fuera arrastrada por el mascarón alado, se hundía repetidamente, agitando burbujas y espuma. Este balanceo me parecía ahora natural y me daba la sensación de que volábamos, haciendo honor al nombre del barco. No muy lejos de nuestra proa estribor, los delfines perseguían las olas, volando ellos también.

Mi cabello, sin peinar desde hacía días, flotaba libremente en el aire salado. Mi cara, oscurecida por el tiempo, estaba plegada en una sonrisa. Con los ojos entrecerrados hacia el oeste, miraba la creciente cara del sol, rojo como la sangre, que proyectaba un brillante camino dorado sobre el mar. Desde donde estaba posada me parecía que navegábamos por él como en un sueño. Y ahí estaba yo, feliz, vigorosa, liberada de los corsés de mi antigua vida.

La única sombra de mi felicidad era el capitán Jaggery. No subía a cubierta a menudo, pero cuando lo hacía venía rodeado de una sombría melancolía.

Raramente hablaba con alguien que no fueran sus oficiales, el señor Hollybrass y el reciente *señor* Johnson, y era sólo para dar órdenes y reprimendas.

Por supuesto, el capitán era el principal tema del eterno cotilleo del castillo durante los descansos de las guardias.

Ewing afirmaba que había cierta tensión entre el capitán y el primer oficial, porque el señor Hollybrass no aprobaba los métodos de Jaggery

—No lo creáis —dijo Keetch, quien, si era posible, estaba más nervioso desde su degradación—. Hollybrass es la voz de su amo.

Fisk insistía en que la razón por la que Jaggery pasaba tanto tiempo en su camarote era que quería ocultar el verdugón de su cara, esconder su humillación.

Grimes juraba que nos estaba presionando para hacer la travesía a tiempo y demostrar que él no había hecho nada malo.

Y Foley decía que yo era la causa de cualquier movimiento del capitán.

—¿Qué quieres decir? —le pregunté.

—Le he visto —insistía Foley—. Le he estudiado. No sale fuera a menos que sea tu guardia. Un ojo mantiene el rumbo del barco. Pero el otro…

—¿Qué? —dije, sabiendo ya que estaba en lo cierto.

—Siempre te está mirando —añadió Foley, mirando a los demás en busca de confirmación—. Y no hay nada más que odio en su mirada.

Los otros asintieron.

—Pero ¿por qué? —pregunté.

—Está esperando, esperando que cometas un error —dijo Morgan, dando una chupada larga a su pipa y llenando el castillo con su acre humo.

—¿Qué tipo de error? —pregunté.

—Algo que pueda utilizar en tu contra. Algo que le deje a él en buen lugar. Comprende, Charlotte, que le has puesto en un aprieto.

—¿Lo he hecho?

—Fue el día que te uniste a nosotros. Mencionaste a tu padre, ¿no? Dijiste que él aprobaría lo que habías hecho.

—Lo haría. Él cree en la justicia.

—Como sea, Jaggery no supo reaccionar. Cedió. Algo que no le gusta hacer, ¿sabes? Así que ahora está esperando a que cometas un error para levantarse de nuevo y restaurar su honor.

—No tengo intención de cometer un error —declaré con orgullo.

Fisk escupió en el suelo:

—Tampoco él.

Y sucedió como Morgan predijo.

Para una persona en tierra la vista de las velas de un barco, teñidas por el sol y extendidas al viento, es la imagen misma de la ligereza del aire. Sin embargo, una vela está hecha de una lona muy pesada. Si una de ellas se queda enrollada en una verga, debe dejarse suelta rápidamente, ya que si no puede rasgarse o romperse, y al hacerlo, derribar jarcias, verga e incluso un mástil. Una vela fuera de control puede contorsionarse como un látigo furioso y dejar a un marinero hecho y derecho sin sentido.

El petifoque está situado en el punto más extremo del bauprés, en la misma punta. Si considera que la proa de un barco veloz en alta mar siempre sube y baja, se dará cuenta de que una vela de foque rota puede llegar a sumergirse en el agua. Y es tal la fuerza del agua y la velocidad del barco, que el bauprés puede llegar a romperse. De tal manera que el marinero que trate de colocar una vela enredada no sólo debe enfrentarse a una vela pesada y batiente, sino también al poderoso mar situado a unos metros, a veces más cerca, debajo de él.

Una tarde, dos días después de la charla del castillo y durante mi guardia, el petifoque se quedó enredado justo de la manera que he explicado. En cuanto lo vio el capitán Jaggery gritó:

—¡Señor Doyle! ¡Arregle el bauprés!

En su precipitación, me llamó directamente, no a través de uno de sus oficiales.

Antes de que pudiera responder, Grimes saltó hacia delante, gritando:

—¡Yo lo haré, señor! —Grimes era uno de los hombres con barba, rápido en enfadarse, rápido en olvidar.

—El aviso era para el señor Doyle —le contestó el capitán—. ¿No quiere hacerlo?

—Sí, señor —dije y me apresuré hacia la fogonadura de donde salía el bauprés hacia delante.

Grimes corrió a mi lado, murmurando al oído rápidas instrucciones, e instándome a que cogiera un cuchillo para empalmar cabos.

Lo cogí y me lo metí en el bolsillo.

—Charlotte, ¿ves ese cabo de allí? —me preguntó, señalando uno retorcido al final del bauprés, donde se había enrollado el petifoque.

—No trates de arreglar la vela. Lo único que tienes que hacer es cortar el cabo. La vela se soltará y tenemos otras. Ojo, tienes que cortar de un tajo, y luego ponerte rápidamente debajo del bauprés o la vela te tirará. ¿Entendido?

Asentí de nuevo.

—Calcula bien el tiempo. Si la proa se hunde, el mar subirá y te agarrará.

Me había vuelto tan atrevida que salté la batayola sin pensarlo dos veces y coloqué los pies sobre el propio bauprés. Vi que necesitaba caminar sobre el bauprés unos veinte pasos, pensé que no era una tarea muy difícil, ya que me podía agarrar al viento del botalón. Tal y como había aprendido a hacer, empecé con los ojos fijos en el bauprés y mis pies desnudos, avanzando paso a paso sobre él. El silbido del agua subiendo debajo era intenso, el mismo bauprés estaba mojado y resbaladizo por la espuma. No me importaba. Lo que me cogió por sorpresa fue el violento balanceo del bauprés.

A mitad de camino miré atrás. Por primera vez desde que estaba a bordo, vi el mascarón nítidamente: el pálido y blanco halcón de mar con sus alas extendidas hacia la proa, su cabeza inclinada hacia delante, su pico abierto en un grito. Como la proa se sumergía, su pico caía y volvía a caer en el agua, chorreando espuma como un perro rabioso cada vez que subía. Estaba tan sorprendida por la pavorosa visión que por un momento me detuve, hasta que una cabezada del barco casi me tiró al agua.

Enseguida alcancé el punto crucial, pero necesité aferrarme al bauprés con los dedos de los pies y agarrarme rápido con una mano al viento del botalón, para poder sacar el cuchillo que me había dado Grimes.

Me incliné hacia delante y empecé a cortar. La tirantez de la soga enredada ayudaba. El cuchillo cortaba con facilidad. Demasiado. Las últimas hebras se rasgaron con un chasquido, la vela retumbó y fustigó mi mano (el cuchillo salió volando al agua). Mientras me lanzaba a por él, el bauprés se sumergió. Me resbalé y empecé a caer. Por pura casualidad, conseguí agarrarme al bauprés con éxito, y me quedé colgando, con los pies bailando, a sólo unos pocos pies del mar siseante.

Mientras el *Halcón del mar* se sumergía una y otra vez, yo me hundía hasta la cintura, luego hasta el pecho. Traté de balancearme para enganchar mis pies por encima, pero no pude. El mar continuaba apoderándose de mí, tratando de arrastrarme mientras yo, allí colgada, pataleaba con fiereza en vano. Dos veces mi cabeza se hundió. A ciegas, tragué agua y me atraganté. Comprendí que la única forma de salvarme era coordinar los impulsos de mis piernas con el empuje ascendente del barco.

El barco se lanzó hacia el cielo. Con todas mis fuerzas impulsé mi piernas hacia arriba y me aferré con ellas al bauprés, pero una vez más el *Halcón del mar* se sumergió. Me hundí en el indómito mar, abrazada al palo. Y subí. Esta vez aproveché el impulso para empujarme hacia arriba, y conseguí ponerme encima del bauprés, primero a horcajadas, luego tumbada.

Alguien debió de avisar al hombre del timón. El barco cambió de rumbo. Encontró aguas más tranquilas. Bajó la velocidad. Y dejó de cabecear.

Jadeando y escupiendo agua de mar, fui capaz de arrastrarme por el bauprés y finalmente, pisando en la cabeza del furioso pájaro, de trepar por la barandilla. Grimes estaba allí para ayudarme a bajar a cubierta, y me dio un entusiasta abrazo de aprobación.

El capitán, por supuesto, me miraba petrificado.

—Señor Doyle —gritó—. ¡Venga aquí!

Aunque estaba temblando, ya no tenía miedo. Había llevado a cabo el trabajo y sabía que lo había hecho bien. Me apresuré a la cubierta del alcázar.

—Si le pido que haga un trabajo —dijo el capitán—, quiero que lo haga usted, no otra persona. Por su culpa nos hemos desviado, ¡hemos perdido tiempo! —y antes de que pudiera contestarle, me abofeteó la cara con el revés de la mano, luego se dio la vuelta y se marchó.

Reaccioné con rapidez.

—¡Cobarde! —le grité—. Farsante.

Se volvió y empezó a acercarse a mí con grandes pasos, su cara marcada contorsionada de rabia.

Pero yo, enfurecida, no cedí.

—¡No puedo esperar a llegar a Providence! —bramé—. ¡Iré directa a los tribunales! ¡No será capitán por mucho tiempo! ¡Todo el mundo sabrá el déspota cruel que es! —y escupí a la cubierta, junto a sus botas.

Mis palabras le hicieron palidecer como un fantasma, un fantasma con el asesinato escrito en su mirada. Pero, de pronto, recuperó el control y, al igual que había hecho en otras ocasiones, se giró y abandonó la cubierta.

Me volví, sintiéndome triunfante. La mayor parte de la tripulación lo había visto todo. Pero no hubo hurras.

El momento pasó. Nadie dijo nada más, excepto Grimes, quien insistió en que aprendiera a sostener un cuchillo, a llevarlo, usarlo e incluso tirarlo. Durante mi primera guardia me tuvo tres horas practicando en cubierta.

Pasaron dos días sin incidencias. Durante ese tiempo, el cielo se volvió gris. El aire estaba cargado de humedad. El viento se levantó y se calmó, lo que consideré como algo peculiar. Al final del segundo día, mientras Barlow y yo estábamos raspando el cabrestante, vi una rama sobre las olas. Un pájaro rojo estaba posado en ella.

—¡Mira! —exclamé con alegría, señalando al pájaro—. ¿Significa que estamos cerca de tierra?

Barlow se levantó para echar una mirada. Negó con la cabeza.

—Ese pájaro es del Caribe. A mil millas de aquí. Los había visto antes. Los llaman pájaros de sangre.

—¿Qué está haciendo aquí?

Tras una pausa, dijo:

—Lo ha arrastrado una tormenta.

Le miré sorprendida:

—¿Qué clase de tormenta podría arrastrar a un pájaro tan lejos? —pregunté con los ojos abiertos de par en par.

—Un huracán.

—¿Qué es un huracán?

—La peor de las tormentas.

—¿Podemos bordearlo?

Barlow miró de nuevo hacia el timón, a las velas y después al cielo. Frunció el ceño.

—He oído discutir al señor Hollybrass y a Jaggery sobre ello. Por lo que he entendido —dijo—, el capitán no quiere evitarlo.

—¿Por qué no?

—Es lo que está diciendo Grimes. El capitán está tratando de moverse rápido. Si nos coloca justo en el borde del huracán, éste nos disparará a casa como una bala de una libra en un cañón de dos libras.

—¿Y si no lo logra?

—Una bala de dos libras en un cañón de una libra.

Capítulo 15

Habían dado dos campanadas en la mañana del cuadragésimo quinto día, cuando la tormenta nos golpeó.

—¡Todos a cubierta! ¡Todos a cubierta!

Mientras retumbaba la llamada, el *Halcón del mar* cabeceó y viró violentamente. A día de hoy aún no sé si salí de mi hamaca por mí misma o me lanzó fuera el movimiento dislocado del barco. Pero me desperté tumbada en el suelo y encontré la cortina rasgada y el castillo en una salvaje confusión. La linterna se balanceaba bruscamente sobre mi cabeza, las pertenencias de mis compañeros se deslizaban como bolas de billar, los baúles rodaban atropelladamente. La guardia estaba revuelta.

Mientras el barco se sumergía y se volvía a sumergir, el grito «¡Todos a cubierta! ¡Todos a cubierta!» sonó repetidamente, con una urgencia que nunca había escuchado antes.

—¡Huracán! —oí como todos.

Hubo una frenética huida del castillo a cubierta. Seguí a los demás, tratando de ponerme la chaqueta mientras corría en contra del violento cabeceo del barco.

Aunque hacía tiempo que había amanecido, el cielo seguía oscuro. Una pesada lluvia, empujada ferozmente por un viento que gritaba y gemía como un ejército en agonía mortal, golpeaba la cubierta con un ritmo que sólo un enloquecido tambor hubiera podido reproducir. El mar nos arrojaba altísimas murallas de espumosa furia. Una de ellas me tiró, como si fuera una gota de agua, sobre la cubierta donde, afortunadamente, choqué contra una pared. Mientras permanecía tendida, aturdida y dolorida, tratando de respirar, vislumbré al señor Hollybrass y al capitán Jaggery en medio de una furiosa pelea.

—¡... en el fondo del mar no hay dinero! —oí al primer oficial gritar por encima de la tormenta.

—¡Señor Hollybrass, navegaremos cueste lo que cueste! —respondió el capitán Jaggery, apartándose para gritar—: ¡Todos arriba! ¡Todos arriba!

No podía creer lo que estaba escuchando. ¡Era imposible subir a las jarcias con ese tiempo! Pero cuando miré hacia arriba comprendí la razón. Debido a la brutal fuerza del viento, muchas de las velas se habían soltado de sus cabos de amarre y se estaban rasgando y rompiendo fuera de control, convertidas en enloquecidos látigos.

—¡Todos arriba! ¡Todos arriba! —oí de nuevo gritar. Era un ruego desesperado.

Pude ver a los hombres, inclinados para resistir al viento y la lluvia. Me puse de pie, pero fui derribada de nuevo por otra ola. De nuevo, lo intenté, agarré un cabo y lo sujeté con toda la fuerza de mis dos manos. Ahora sí era capaz de mantenerme en pie, aunque con muchas dificultades. Lentamente me dirigí hacia el trinquete. Cuando lo alcancé, lo que me llevó una eternidad, el capitán Jaggery ya estaba allí, tratando frenéticamente de sujetar cabos y jarcias.

—¿Qué tengo que hacer? —le grité a la espalda. Gritar era la única forma de que me escuchara.

—Corte la vela antes de que eche abajo el mástil —bramó. No estaba segura de que supiera que era yo—. ¿Tiene un cuchillo? —preguntó.

—¡No!

Mientras lo sacaba de su bolsillo posterior, se giró. Cuando me vio, dudo.

—¡Un cuchillo! —grité.

Me lo entregó.

—¿Dónde? —pregunté.

—¿No me ha oído? —aulló, gesticulando con viveza—. ¡Suelte esa vela!

Miré arriba. No alcanzaba a ver muy lejos debido a la cortina de lluvia. El violento balanceo del *Halcón del mar* había conseguido que el mástil temblara como si tuviera epilepsia. Sólo se veía la verga del trinquete; la vela volaba suelta, hinchada casi como un balón. De repente la vela se vino abajo y luego se volvió a erguir. Pronto estallaría o saldría volando con el mástil.

—¡Arriba, maldita sea! ¡Arriba! ¡Rápido! —gritó el capitán Jaggery.

Alcancé las jarcias pero me detuve al darme cuenta de que no podía escalar y sujetar el cuchillo. Me lo puse entre los dientes e intenté de nuevo agarrar las jarcias, empecé a trepar con ambas manos.

Aunque estaba escalando en el aire, me sentía como si estuviera nadando contra la marea creciente de un río. Pero lo que me estaba desgarrando no eran la lluvia y las olas, sino el aullido del viento. Apenas veía por dónde subir. Para empeorar las cosas mi pelo, mojado y pesado como la cola de un caballo, no dejaba de golpearme en la cara. Era como si llevara los ojos vendados.

Desesperada, enrosqué mis piernas y un brazo entre los cabos. Con el brazo libre, me eché el pelo a un lado, lo agarré con la mano enredada entre las cuerdas y tiré de él. Empuñé el cuchillo y corté. Trece años de cola de caballo cayeron con una sacudida de mi cabeza. Sintiéndome más ligera, mordí la hoja de nuevo y empecé otra vez a trepar.

Cada centímetro era un infierno, me sentía como si estuviera intentando colarme entre los dedos del puño de Dios enfurecido. Y no eran solamente los elementos quienes atacaban.

Debajo de mí, cuando me atrevía a mirar, la cubierta se difuminaba en una masa confusa de agua, espuma, madera y de vez en cuando, un hombre forcejeando. Estaba segura de que el *Halcón del mar* no se mantendría a flote, que estábamos condenados a ahogarnos. Me dije que no debía mirar, que me concentrara en lo que tenía que hacer.

Subí. El viento silbaba. Los truenos retumbaban. Los relámpagos restallaban. Se oían también gritos humanos, voces que se alzaban por encima del torbellino, palabras que no podía atrapar. Pero que presagiaban terror.

Mientras me arrastraba por el mástil, la vela se hinchó lejos de mí. Un momento después el viento cambió y la gigantesca lona mojada se vino abajo, dejando caer todo su peso sobre mí, como si intentara echarme de las jarcias. Desesperada, me aferré a los cabos con piernas y manos. Luego la vela se rasgó. El consiguiente vacío me aspiró. Sólo Dios sabe cómo aguanté y continué la ascensión.

Oí, enhebrado con el gemido del viento, un espantoso y agudo sonido, seguido de un tremendo crujido. ¿Podía ser, me pregunté, *mi* mástil? ¿Estaba a punto de ser arrojada a las olas? No me atreví a parar y pensar. Pero de alguna manera el mástil aguantó.

Mano sobre mano, pie tras pie, luché por subir. Estaba segura de que todos estábamos a punto de morir, no parecía tener importancia si encima de las olas o debajo de ellas. Todo lo que quería era alcanzar la vela, como si al hacerlo me elevara por encima del caos. Soltar la vela era mi único propósito. No debía pensar en otra cosa, no podía. Me detuve un instante para descansar, para recuperar el aliento, para recordarme que seguía viva. Pero, luego, de nuevo, continué. Los minutos se convirtieron en horas. Al final, alcancé mi objetivo.

La vela sobrejuanete es una de las más grandes, uno de los auténticos motores de este tipo de barcos. En circunstancias normales trabajaba duro por el barco, pero en esta tormenta tiraba de él, como si quisiera arrancar el mástil de la cubierta. A pesar del bramido del viento sobre mí, podía oír el crujido del mástil, podía verlo doblándose como un arco. Lo que necesitaba hacer, lo que tenía que hacer, era cortar la vela y liberar la terrible tensión que soportaba el mástil.

Con miedo a perder más tiempo, me senté a horcajadas sobre la verga a la que estaba atado el borde superior de la vela y me eché hacia atrás, hacia su extremo, cortando todas las líneas que encontré. Afortunadamente, como las cuerdas estaban tan tirantes y la hoja tan afilada, apenas tuve que cortar. En el momento en que toqué la cuerda con el filo del cuchillo, las cuerdas saltaron como si explotaran.

Con cada corte, la vela volaba más libremente, se sacudía con tal frenesí que empezó a romperse en pequeñas hebras que ya no podía distinguir de la huracanada lluvia.

Poco a poco, mientras cortaba, me fui desplazando hasta que alcancé el extremo más lejano de la verga. Allí tenía que tomar otra decisión: ¿Debía cortar las líneas que sostenían la propia verga? ¿Qué pasaría si lo hacía? ¿Y si no lo hacía? Miré alrededor con la ilusa esperanza de que otro miembro de la tripulación estuviera cerca. Para mi sorpresa vi la borrosa forma de alguien por encima de mí, pero no podía distinguir quién era. En cualquier caso, ¡estaba subiendo por el mástil más arriba que yo!

Decidí no cortar ninguna línea más. Algún otro lo podría hacer si eso era lo que había que hacer. Mi trabajo era cortar el resto de la vela, lo que significaba regresar por donde había venido y continuar por la verga hasta el otro extremo.

La verga, sin embargo (con su asimétrico peso, al estar yo en un extremo), bailaba y se tambaleaba con tanta fuerza que temí que se rompiera y cayera conmigo encima. Tenía que volver al mástil. Pero los marchapiés habían desaparecido: en mi precipitación había cortado todos los cabos. Tendría que arrastrarme. Con el cuchillo entre los dientes y los brazos fuertemente abrazados a la verga, me lancé y traté de deslizarme. Pero, en el siguiente bandazo, mis piernas se resbalaron. El cuchillo cayó de mi boca. Durante una milésima de segundo, me quedé colgando, con las piernas caídas, de espaldas al mástil, a punto de desplomarme sobre un escenario de terror nunca imaginado.

No tenía elección. Tenía que trepar, mano sobre mano y marcha atrás. Pero por más que lo intentaba, sólo avanzaba milímetros. El viento y la lluvia, así como las sacudidas del barco, me lo ponían muy difícil. Estaba colgando a merced del viento huracanado, retorciéndome.

Por encima de mi hombro podía ver que el mástil no estaba lejos. Pero los brazos me empezaron a fallar.

—¡Ayuda! —grité—. ¡Ayúdeme! —una mano se soltó.

A poco más de un metro del mástil, traté de balancearme con la vana esperanza de agarrarme a él con las piernas. El intento sólo consiguió debilitarme. Estaba segura de que me iba a caer.

—¡Ayuda! —grité al viento.

De repente, una figura apareció en la verga.

—¡Charlotte! —escuché—. ¡Agarra mi mano!

De repente vi una mano delante de mi cara. Me lancé a por ella frenéticamente, la agarré, me aferré a ella como ella se aferró a mí, sus dedos rodearon mi muñeca como una empuñadura de hierro. Me alzó sobre la verga, de manera que pudiera poner mis piernas sobre ella y las cerré. Tratando de respirar, miré hacia la figura que ahora se apresuraba a desaparecer. Era Zachariah.

Por un minuto estuve convencida de que, al haber muerto, él era un ángel. Pero no tenía tiempo para pensar. Justo por encima de mí, oí una violenta explosión. Miré y vi que el sobrejuanete se había desprendido. Mientras la vela se alejaba, alcancé a ver cómo su superficie gris se retorcía y giraba en el olvido como un alma atormentada condenada al infierno.

Me giré. El hombre que pensaba que era Zachariah había desaparecido. Pero mientras miraba con asombro, el *Halcón del mar*, libre de la presión y del peso de la vela, se levantó violentamente. Aterrada, vi como el mar se acercaba hacía mí. ¡Estábamos volcando! Pero de repente, el barco se estremeció y recuperó su posición.

Casi sin respiración, me arrastré desesperadamente hasta que alcancé el mástil, al que me abracé como si estuviera vivo. Sin el cuchillo no había nada más que pudiera hacer arriba. En cualquier caso, la vela que me habían ordenado liberar había desaparecido. Empecé a descender, deslizándome más que trepando.

A pocos pies de la cubierta, me dejé caer. No sabía si la tormenta se había calmado o si ya me había acostumbrado a ella. El viento aún era fuerte y la lluvia se abatía sobre nosotros como antes. Pero la fuerza del huracán de alguna manera se había apaciguado. Miré a mi alrededor. En el suelo había vergas desperdigadas, algunas con velas enrolladas. Las barandillas estaban astilladas. Había cabos colgando, batiéndose. Descubrí a algunos de los hombres sobre la cubierta del alcázar trabajando furiosamente con hachas. Me apresuré a unirme a ellos.

Solo entonces me di cuenta de que el palo mayor había desaparecido. Lo único que quedaba era un muñón recortado en picos. Me acordé del chillido que había oído.

Miré hacia popa y vi a Fisk desplomarse sobre el timón. Sus grandes brazos estaban extendidos, sus manos aferraban las cabillas. No se podría haber mantenido si no hubiera estado atado.

Me uní a los hombres.

Bajo la continua aunque algo más suave lluvia, nos acercamos al montón de vergas y velas caídas. Cortamos y soltamos aquellas que estaban colgando por la borda. Las que pudimos mover, las arrastramos al combés.

Y de repente, como si el cielo hubiera vencido a la oscuridad, la lluvia cesó. El mar se calmó. Incluso empezó a salir el sol. Y cuando miré, descubrí, para mi asombro, un cielo azul.

—¡Ha acabado! —dije entrecortadamente.

El señor Johnson meneó la cabeza.

—¡Para nada! —me alertó—. Es el ojo de la tormenta. Sólo habrá una pausa. Y vendrá por el otro lado en veinte minutos. Pero, si Dios lo permite, ¡podremos limpiar la cubierta y aguantar!

Miré hacia el mástil que nos quedaba. Sólo permanecía en pie la vela del juanete. Las otras velas habían sido cortadas.

Trabajamos velozmente y llegamos al fondo del montón. Fue Foley quien se llevó la última vela rota. Y allí yacía bocabajo el señor Hollybrass. Tenía un puñal clavado en la espalda, tan hundido que sólo se veía el mango grabado. Reconocí el dibujo de una estrella. Era el puñal que Zachariah me había dado.

El asesinato del señor Hollybrass, porque era seguro que ése era el caso, nos dejó mudos. Pero no era de extrañar, después de haber sufrido la tormenta. Estábamos demasiados agotados. Demasiado entumecidos.

—¿Qué es esto? —nos llegó una voz. Nos giramos y vimos al capitán Jaggery. Tenía el mismo aspecto que nosotros, desarreglado y despeinado.

Nos hicimos a un lado. Nadie dijo una palabra. Se adelantó. Durante un momento tampoco hizo nada excepto mirar el cadáver. Luego se arrodilló y le tocó la nuca.

Dudó un instante, luego tiró del brazo del señor Hollybrass, atrapado bajo el peso de su propio cuerpo. En la mano tenía algo. El capitán logró abrirle los dedos y sacar lo que el señor Hollybrass estaba agarrando. Lo mostró.

Era mi pañuelo.

El capitán lo utilizó para coger el mango del cuchillo y sacarlo de la espalda del señor Hollybrass. Se levantó y me miró.

Luego levantó la vista al cielo. Estaba oscureciendo de nuevo. El oleaje había crecido en intensidad.

—Tenemos quince minutos antes de que la tormenta vuelva —anunció—. Quiero que retiren este cuerpo y lo depositen en el entrepuente. Además quiero que despejen el resto de la cubierta. La guardia del señor Johnson se encargará primero de las bombas. Dos hombres de la guardia del señor Hollybrass sostendrán el timón y el resto puede permanecer en el castillo. Les llamaré para el relevo. ¡Ya, rápido!

Las órdenes del capitán se cumplieron en silencio. Dillingham y Grimes llevaron abajo el cuerpo del señor Hollybrass. El resto de nosotros deambuló por la cubierta, solos o en parejas, lanzando trozos del mástil, las velas y las vergas al mar, o tratando de atar todo aquello que fuera posible salvar del azote del agua.

Seguí caminando, haciendo lo que podía, con la cabeza dando vueltas. Nadie dijo nada sobre la muerte del señor Hollybrass. Aunque era un suceso extraordinario, no había tiempo ni capacidad para analizarlo.

Como el capitán había predicho, la tormenta llegó en un cuarto de hora y con mucha más furia que antes. Pero el *Halcón del mar*, con un solo mástil y una sola vela izada, estaba más preparado ahora para aguantar.

Me apresuré a la bodega superior, donde se encontraban las bombas. Eran simples bombas de succión que se podían manejar entre dos hombres. Pero allí estábamos cuatro en la temblorosa oscuridad, como si nuestras vidas dependieran de ellas, como así era.

Una vez más el *Halcón del mar* se convirtió en un juguete para los elementos. El viento gemía y aullaba; más de una vez las olas barrieron la cubierta o inclinaron el barco sobre la borda, poniéndonos el corazón en un puño. Mientras bombeábamos, con más fuerza que nunca, estuvimos a punto de volcar en varias ocasiones. Llegué a pensar que el sonido rítmico de la bomba era el verdadero sonido de nuestros corazones, y que si parábamos un solo momento, el corazón del barco podría también dejar de latir.

Trabajar significaba vivir. Trabajamos durante más de tres horas. Luego nos dejaron salir.

Me enviaron al castillo a descansar con Morgan, Barlow y Fisk. Morgan quería su bolsa de tabaco, pero sus objetos personales estaban tirados y rotos, y los que quedaban enteros estaban empapados. Frustrado, blasfemó.

—Agradece que aún respires, muchacho —le dijo Fisk, agotado.

Caí sobre mi hamaca, mojada hasta los huesos y exhausta, y traté de dormir. Pero apenas acababa de cerrar los ojos, cuando me llamaron de nuevo. Ahora tenía que ir al timón. El capitán estaba allí (hay que decir que se mantuvo junto al timón durante toda la tormenta), y nos llamaba constantemente para cambiar el rumbo o cualquier otra cosa que mantuviera nuestra popa hacia el viento.

Barlow, mi compañero, hizo la mayor parte del trabajo. Se necesitaba mucha fuerza para mantener firme el timón. La poca fuerza que me quedaba me estaba abandonando rápidamente.

Estaba congelada, deprimida. Pero no importaba. Cuando acabé en el timón, me mandaron de nuevo con las bombas. De las bombas al castillo. De ahí al timón. Y una vez más, vuelta al principio. Perdí la cuenta, pero quizá lo hicimos todo hasta tres veces.

Al final, diecisiete horas después de la primera llamada, la tormenta se aplacó. Me permitieron regresar a mi hamaca donde, agotada y temblando, cerré los ojos. Cuando estaba a punto de dormirme, me acordé de repente de la aparición de Zachariah y la muerte del señor Hollybrass. Pensar en los muertos me ayudó a recordar que aún estaba viva. Ese consuelo tranquilizó mi cuerpo y calmó mi mente. En unos segundos dormí el sueño de los muertos que esperan, con perfecta ecuanimidad, el juicio final.

Capítulo 16

Dormí catorce horas. Si hubiera sido consciente de que había pasado tanto tiempo, me hubiera dado cuenta de que había algún problema. En una situación normal es imposible que se permita dormir tanto a un miembro de la tripulación.

Permanecí un rato en mi hamaca, pensando con alegría que aún no era la hora de mi guardia. La cortina de lona estaba colgada de nuevo y corrida... algo que bien podían haber hecho Barlow o Ewing, era típico de ellos esos amables detalles. Los sonidos familiares del barco en marcha me tranquilizaron. La verdad es que, a pesar de que mi camisa y mis calzas se hallaban aún mojadas y de que me dolía todo el cuerpo, estaba disfrutando del descanso, y dando gracias a Dios y a Zachariah de que estuviera viva.

Me incorporé de golpe. Pero, *¡Zachariah había muerto!* Había visto la paliza de muerte que le habían dado y había presenciado su funeral. ¿Me había salvado un *fantasma*? ¿O era un ángel, como al principio había pensado? ¿Lo había soñado todo? ¿Me lo había inventado? Era la típica historia que había oído contar tan a menudo a los marineros en el castillo. Nunca les había creído. Y, sin embargo, ¿qué otra cosa podía pensar aparte de que había presenciado un *milagro*? Me dije que eso era absurdo. Pero no lo había soñado. Me acordaba de la mano de hierro que me sujetó. Alguien me había ayudado. Alguien que no había sido Zachariah. Eso era lo que había pasado. Pero, ¿quién?

Alcancé la cortina desde mi hamaca y la descorrí. Estaba sola. Desconcertada, me levanté enseguida y salí corriendo a cubierta.

Vi un cielo tan perfecto como cualquier avezado marinero desearía. Hacía calor, la brisa del Oeste soplaba fuerte y constante. La cubierta estaba limpia y recogida, como si la tormenta hubiera sido un sueño. Incluso el trinquete y el bauprés estaban dispuestos, con las velas desplegadas. El único testimonio de lo sucedido en las últimas veinticuatro horas era el muñón irregular del palo mayor, sobre el alcázar.

Los hombres habían trabajado duro mientras yo dormía. Me sentí olvidada.

Vi a Barlow. Y a Morgan. Foley. Era el turno de mi guardia. Pero ¿por qué no me habían avisado? Fue entonces cuando me di cuenta de que ambas guardias estaban en cubierta. Los que estaban más cerca eran Ewing y Keetch, así que me acerqué a ellos.

—Ewing —le llamé—. Keetch.

Ambos se giraron. Pero en vez de saludarme con su habitual: "¡buenos días, muchacha!", Ewing dejo de trabajar y me miró boquiabierto, con un gesto que delataba... no sé qué. Logró que me detuviera. Keetch tenía su acostumbrada mirada de conejo asustado. Al igual que Ewing, no dijo nada.

—¿Por qué no me habéis avisado? —pregunté.

—¿Avisado? —Ewing repitió tontamente.

—Es el turno de mi guardia.

No me dieron ninguna explicación.

—¡Contestadme!

Ewing suspiró.

—Charlotte, nos dijeron que no lo hiciéramos.

—¿Os dijeron? ¿Quién?

—No somos nosotros quienes lo tenemos que decir, señorita —susurró Keetch.

—¡No me llames señorita! —grité exasperada—. ¿Me lo vais a decir o no?

Ewing me miró con reticencia.

—Es... por... Hollybrass. Por... su asesinato.

Había borrado aquel incidente de mi memoria.

—¿Y qué tiene eso que ver con despertarme? —pregunté, acercándome.

Ewing saltó y retrocedió, como si estuviera asustado. Me giré hacia Keetch, pero de repente parecía absorto en su trabajo.

—Algo ha pasado, ¿no es cierto? —dije, cada vez más preocupada—. ¿Qué pasa?

—Es el capitán, señorita —empezó Keetch.

—¡Charlotte! —estallé enfadada.

Keetch se puso una mano sobre la boca, no queriendo decir más.

—¿Qué ha pasado? —insistí—. ¿Me lo vais a decir o no? ¿Es un secreto?

Ewing se mordió el labio. Keetch parecía evitar mi mirada. Pero fue él quien dijo:

—El capitán nos dijo, cuando estaba entregando a Hollybrass al mar, que... —su mirada penetrante se movía de un lado a otro— fue usted quien le asesinó.

Me quedé sin respiración.

—¿Yo? —conseguí articular.

—Sí, usted.

—¿Cómo podéis creer semejante cosa? —exclamé—. ¿Cómo? ¿Por qué?

—Para vengar la muerte de Zachariah —susurró Keetch.

Me quedé quieta, con la boca abierta.

—Pero, Zachariah... —dejé de hablar, no sabía qué decir.

El antiguo segundo oficial me miró con suspicacia.

—¿Qué pasa con Zachariah? —preguntó, poniéndose de pie.

—¿Está muerto? —dije débilmente.

—Desde luego que sí —confirmó Ewing.

Keetch empezó a alejarse rápidamente. Ewing mostró intención de seguirlo. Le agarré del brazo.

—Ewing —dije—. ¿Piensas que lo hice yo?

Soltó su brazo.

—El capitán dice que el cuchillo era tuyo.

—Ewing... dejé ese cuchillo en mi antiguo camarote.

—Eso es lo que el capitán dijo que contestarías.

Lo entendí.

—Le crees, ¿no?

Miró su mano concentrado.

—¿Y los otros? —quería saber.

—Tendrás que preguntarles.

Consternada, me dirigí a la cocina en busca de Fisk, pero cambié de idea. Tenía que ver al capitán Jaggery.

Me di la vuelta y me encaminé a su camarote. Pero antes de que hubiera bajado cinco escalones, me encontré con él, que subía al alcázar. Me detuve sorprendida. Aquel hombre que tenía delante de mí no era el mismo capitán Andrew Jaggery que yo había visto en el alcázar el primer día de viaje. Seguía vistiendo su elegante ropa, pero la chaqueta estaba sucia y llena de jirones, tenía un puño desgastado y había perdido un botón. Eran pequeños detalles, pero no para un hombre tan meticuloso. La marca del látigo, aunque ya no era tan llamativa, se había convertido en una delgada línea blanca, un persistente y doloroso recuerdo.

—Señorita Doyle —exclamó en voz alta para que todos lo oyeran—, la acuso del asesinato premeditado del señor Hollybrass.

Me giré para pedir ayuda a la tripulación, hasta hace poco mis compañeros, que permanecían de pie mirando.

—Yo no lo hice —dije.

—No tenga miedo, señorita Doyle. Tendrá un jurado de sus iguales. Y un juicio rápido.

—¡Es mentira! —grité.

—Señor Barlow —-llamó el capitán, sin quitarme su fría mirada de encima.

Barlow se adelantó.

—Lleve a la prisionera al calabozo —dijo el capitán, mientras le daba una llave a Barlow—. Señorita Doyle, su juicio por asesinato empezará hoy con la primera campanada del primer cuartillo.

—Venga, señorita —susurró Barlow.

Retrocedí.

—Tranquila, Charlotte —continuó—, no te haré daño.

Sus palabras de alguna forma me tranquilizaron. Pero no dijo ninguna palabra más de consuelo.

La puerta de la escotilla central estaba abierta. Barlow me hizo señas para que bajara, y ante la mirada de todo el mundo me siguió por la escalera.

Pasamos la bodega superior, donde Barlow encendió una linterna y buscó a tientas el camino hacia el fondo del barco. Había evitado pensar en ese lugar desde el incidente de la escultura. Hasta donde podía ver, que no era muy lejos, nos encontrábamos en una zona olvidada hacía tiempo, una angosta cámara recubierta de grandes vigas y paneles de madera corrompidos por un musgo verde. Barlow me guió mientras oímos el chapoteo del agua en la ennegrecida sentina. El olor era repugnante.

Unos metros por delante vi el calabozo: una jaula de barrotes de hierro con una puerta. Podía distinguir un banco. Una cacerola para agua. No había nada más. ¿Había sido el pobre Cranick su último inquilino?

Barlow abrió el oxidado candado de la puerta. Tuvo que tirar para sacarlo.

—Tienes que entrar —dijo.

Dudé.

—Me dejarás una luz, ¿no? —pregunté.

Barlow negó con la cabeza.

—Si se cae, tendríamos un fuego.

—Pero me quedaré completamente a oscuras

Se encogió de hombros.

Entré. Barlow cerró la puerta y puso el candado. Mientras se alejaba me quedé mirándole suplicante. De repente me asusté y le llamé:

—¡Barlow!

Se detuvo y miró por encima de su hombro.

—¿Crees que maté al señor Hollybrass?

Se quedó callado un momento.

—No lo sé, Charlotte —dijo abatido.

—Tienes que sospechar de alguien —grité. Necesitaba que se quedara y necesitaba respuestas.

—No me permito pensar —replicó y se apresuró hacia la escalera.

Permanecí de pie en la oscuridad, completamente descorazonada. Podía escuchar los gemidos huecos del barco, el chirrido de la bodega, el goteo y chapoteo del agua, crujidos y, de vez en cuando, el chillido de las ratas.

Enferma de miedo, busqué a tientas el banco. Me senté en él, recordándome que no tendría que estar allí por mucho tiempo. El capitán Jaggery había prometido que el juicio se celebraría ese mismo día. Pero, ¿qué tipo de juicio sería? Me acordé de las palabras de Zachariah sobre el capitán: alguacil, juez, jurado... y verdugo también.

Temblando, me incliné y abracé mis rodillas. Sin la tripulación de mi lado, sería difícil demostrar mi inocencia. Era consciente de ello. De hecho, parecía que se habían vuelto en contra de mí. De todas las desgracias, ésta era la más dolorosa de afrontar.

Moví el banco de manera que pudiera reclinarme sobre las barras de la parte de atrás del calabozo. Me pasé la mano por el cabello pero el gesto me recordó que me lo había cortado de un tajo. Por un instante me acordé de cómo era yo antes de embarcar en el *Halcón del mar*, antes de este accidentado viaje. ¿Habían pasado días o años?

Estaba especulando, cuando oí un extraño ruido. Al principio lo ignoré. Pero lo escuché de nuevo; era un sonido lento y vacilante, parecían los pasos de alguien. Abrí los ojos y me quedé mirando a la oscuridad. ¿Eran imaginaciones mías?

Oí el sonido más cerca. Mi corazón empezó a latir con más fuerza.

—¿Quién está ahí? —pregunté.

Un momento después oí:

—¿Charlotte? ¿Eres tú?

Me puse en pie de un salto.

—¿Quién es?

Como respuesta, el sonido se oyó más cerca, y de repente cesó. Ahora oía una respiración pesada, estaba segura. Una chispa estalló delante. Y le siguió una pequeña luz. Delante de mí surgió la anciana cabeza de Zachariah.

Capítulo 17

Parecía que su cabeza estaba flotando en el aire. Aterrorizada, me limité a seguir mirando sus ojos, que parecían huecos y ciegos en la parpadeante luz.

—¿Eres tú, Charlotte? —llegó una voz. Su voz.

—¿Qué eres? —conseguí preguntar.

La cabeza se aproximó.

—¿No me reconoces? —dijo la voz.

Tartamudeé:

—¿Eres… real?

—Charlotte, ¿no me ves? —dijo la voz, más insistente que antes. Levantó la luz, era una pequeña vela, para que pudiera verle mejor. Era la viva imagen de Zachariah, pero tristemente cambiada. Vivo nunca había sido ni muy grande ni muy fuerte. Muerto, estaba lleno de arrugas y con una barba canosa.

—¿Qué quieres? —pregunté, retrocediendo de espaldas hasta la esquina más lejana del calabozo.

—Ayudarte —dijo la voz.

—Pero, estás muerto —susurré—. Presencié tu funeral. Te envolvieron en una hamaca y te arrojaron al mar.

Se oyó una risa suave. Su risa.

—Estuve a punto de morir, Charlotte, pero sólo a punto. Venga, tócame. Compruébalo por ti misma.

Con precaución, me acerqué, alargué la mano y toqué la suya. Era de verdad. Y estaba caliente.

—¿Y la hamaca? —pregunté asombrada.

Se rió de nuevo.

—Era una hamaca de verdad, pero... vacía. Es un viejo truco de marineros. Estaba seguro de que si volvía a caer en manos de Jaggery moriría.

—¿Has estado en la bodega todo este tiempo?

—Desde entonces.

Sólo podía mirarle.

—Keetch me baja comida y agua todos los días —continuó—. La comida no es tan rica como si la hubiera preparado yo, pero suficiente para mantenerme vivo. Mira, Charlotte, si el pobre Cranick se pudo esconder, ¿por qué no Zachariah? Fue idea de Keetch.

—¿Por qué nadie me lo dijo?

—Acordamos no decirte nada.

—¿Por qué?

—Charlotte, has olvidado que nos delataste.

—Eso fue antes, Zachariah —dije, roja de vergüenza.

—Es verdad. Y me han hablado de ti, ángel de justicia. Eres digna de admiración. Tienes todo mi respeto.

—Quería cubrir tu sitio.

Sonrió.

—¿No te dije una vez que nos parecíamos mucho? ¡Fue una profecía! Pero, no lamentas que esté vivo, ¿verdad?

—No, por supuesto que no. Pero, ¿si no te hubiera visto durante la tormenta, te habría visto alguna vez?

—No te lo puedo decir.

—El capitán te podría haber descubierto. ¿Por qué saliste?

—¿Qué sentido hubiera tenido quedarse aquí y perecer, cuando podía ayudar?

—Me salvaste la vida.

—Un compañero ayuda a otro.

—Pero, ¿qué pasa con el capitán Jaggery? —pregunté. ¿Sabe que estás aquí?

—A ver, Charlotte, ¿crees que si él supiera que estoy vivo me dejaría aquí por un segundo? ¿De verdad lo piensas?

—No, supongo que no —admití.

—Ahí está. Ésa es la única prueba que necesito de que él no sabe nada. Mi esperanza es ésta —continuó—. Cuando el *Halcón del mar* llegue a Providence, no creo que falte mucho, verás cómo Jaggery dejará a la tripulación a bordo, no querrá que hablen con nadie. Pero yo podré escaparme. Y cuando lo haga, iré a las autoridades a decir la verdad sobre él. ¿Qué piensas?

Aunque comprendí el plan, sentí una punzada de vergüenza que me hizo girar la cara.

—¿Qué pasa?

La pena que sentía me impedía hablar.

—Dime —me insistió.

—Zachariah...

—¿Qué?

— Eres... negro.

—Sí, lo soy. Pero en el estado de Rhode Island, que es a donde nos dirigimos, ya no hay esclavos —de repente, me preguntó—: ¿O me equivoco?

—Un hombre negro, Zachariah, un marinero de a pie, que testifica contra un oficial blanco... —no tenía el valor de terminar.

—Ah, pero Charlotte, ¿no me dijiste una vez que la compañía para la que trabaja tu padre es propietaria del *Halcón del mar*? Sí que lo hiciste. Mi plan es hablar con él. Tú me ayudarás, ¿no? Y si se parece a ti, no habrá nada que temer.

Me invadió una sensación de malestar. No sabía qué decir. Le miré de reojo.

—¿Qué pasa con Cranick? —pregunté—. ¿Está muerto? ¿De verdad?

—Fue una lástima —me dijo, moviendo la cabeza y quedándose en silencio. Luego me miró—. Bueno —dijo—, ya he hablado mucho de mí mismo. He visto que Barlow te bajaba aquí y te encerraba. ¿Te has burlado de Jaggery otra vez?

Me sorprendió.

—¿Nadie te lo ha contado?

—Contarme el qué.

—Zachariah... el señor Hollybrass ha sido asesinado.

—¡Asesinado! —gritó—. ¿Cuándo?

—Durante la tormenta.

—Nadie me lo dijo.

—¿Por qué no?

—No lo puedo adivinar —se quedó pensativo y miró la escalera. De pronto se giró hacia mí y dijo—: ¿Qué tiene eso que ver contigo?

—Zachariah, es la razón por la que estoy aquí. El capitán me ha acusado a mí.

—¿A ti? —de nuevo pareció sorprenderse.

Asentí.

—Pero, Charlotte, ¡tú no serías capaz de hacer nada parecido! —miró alrededor—. ¿O sí?

—No.

—Entonces no hay nada más que decir.

Negué con la cabeza.

—Zachariah —continué—, la tripulación parece estar de acuerdo con Jaggery, creen que fui yo.

—No lo puedo creer —exclamó.

—Zachariah, es verdad.

Me miró perplejo.

—Ahora me toca preguntar por qué.

—El asesinato se cometió con el cuchillo que me diste.

—¿Qué prueba es ésa? Alguien lo ha podido sacar de entre tus cosas en el castillo.

—Zachariah, cuando me trasladé al castillo lo dejé en mi camarote.

—Entonces, está claro que no tienes nada que ver con ello.

—No creen que lo dejé allí.

—Charlotte, tú no eres de las que mienten —dijo.

—Cuando me viste la primera vez, Zachariah, ¿pensaste que llegaría a dormir en el castillo?

—No...

—¿O que escalaría por las jarcias durante la tormenta?

—Para nada.

—Entonces, ¿por qué no iba matar al señor Hollybrass también? Estoy segura de que todos piensan así.

Mis palabras le dejaron callado durante unos minutos. Su cara se ensombreció. Pero en vez de contestar, se puso de pie.

—Tengo un poco de comida y agua aquí. Iré a buscarlas —dejando la vela sobre una tabla, caminó hacia la oscuridad.

Tras su marcha, me quedé desconcertada y preocupada por su reacción a lo que le había contado. Aunque parecía verdaderamente sorprendido, era imposible que nadie le hubiera dicho nada. De hecho, mientras se desvanecía en la penumbra, una funesta suposición me vino a la cabeza.

¡A lo mejor era Zachariah quien había asesinado al señor Hollybrass!

No dudaba de que hubiera asesinado al capitán, si le hubieran dado la oportunidad. Y respecto al primer oficial... ¿Lo habría hecho para atemorizar al capitán Jaggery? La idea era monstruosa. Pero... mi calenturienta mente empezó a urdir toda una conspiración.

La tripulación, que sabía que Zachariah estaba vivo, puede que sospechara —*quizá lo supiera seguro*— que él había cometido el crimen, pero no hubieran dicho nada. Ahora que el capitán me había acusado del crimen, se les pedía que eligieran entre Zachariah, su viejo compañero, y yo. Entendía que hubieran decidido defenderle, y también que me hubieran abandonado.

Antes de que pudiera resolver la trama, Zachariah regresó con una jarra de agua y una rebanada de bizcocho. Aunque la masa estaba harinosa, me alegré de poder comer algo.

—¿Quieres salir de ahí? —preguntó, señalando hacia mi jaula.

—Está cerrada.

—Un marinero conoce su barco —dijo maliciosamente. Se movió hacia la parte de atrás de la jaula y sacó dos de los barrotes, según pude ver, de dos agujeros podridos—. Ven —añadió—, pero estate preparada para entrar si viene alguien.

Salí y nos sentamos juntos, bajo la parpadeante luz de la vela, con las espaldas apoyadas en un barril.

—Zachariah —dije— el capitán ha dicho que me llevaría a juicio. ¿Crees que lo hará?

—Está en su derecho.

—Y si se celebra el juicio, ¿qué pasará?

—Será el juez y el jurado y te hallará culpable.

—Y luego… —pregunté. Como Zachariah no contestó, insistí—. Dime.

—No creo que llegue tan lejos como…

—¿Para colgarme?

Su silencio fue respuesta suficiente. Durante un rato permanecimos callados.

—Zachariah —le pregunté—, necesito saber una cosa: ¿alguien más, aparte de mí, te vio durante la tormenta?

—Hablé con algunos.

—¿Como quién?

—¿Importa?

—Puede.

Lo consideró.

—Fisk —dijo después de un momento—. Y Keetch.

—Así que es posible que toda la tripulación supiera que subiste.

—Es posible —confirmó, frunciendo el ceño de repente. ¿Me había leído el pensamiento?

—Zachariah —dije suavemente—, es posible que fuera uno de tus compañeros quien matara a Hollybrass.

—Charlotte —dijo suspirando—, eso es verdad. Cada uno de ellos tendría una buena razón. Pero, mira, una vez que descubramos quién lo ha hecho podremos decidir qué hacer.

No dejaba de mirarle de reojo, tratando de leerle el pensamiento; cada vez más y más convencida de que él era el asesino. Pero no tenía el valor para preguntárselo.

—Dime todo lo que sepas —dijo.

Le conté lo poco que sabía de lo sucedido, desde el descubrimiento del cadáver a la acusación del capitán Jaggery.

Mis palabras le dejaron más pensativo aún.

—Charlotte —dijo finalmente—. Ese cuchillo. ¿Le dijiste a alguien que lo tenías?

Hice memoria.

—Poco después de que me dieras el cuchillo —recordé—, intenté devolverlo. ¿Te acuerdas? Como te negaste a cogerlo, se lo ofrecí al capitán.

Se volvió de golpe.

—¿Pero por qué?

—Tenía miedo del cuchillo. Y de ti.

—¿Aún lo tienes?

—-No. Pero entonces sí lo tenía.

—¿Le dijiste de dónde lo habías sacado?

Negué con la cabeza.

—No me parece propio de él que lo pasara por alto. Seguro que exigió una respuesta.

—Lo hizo.

—¿Y?

—Me inventé una.

—¿Te creyó?

—Creo que sí.

—¿Qué paso después?

—Dijo que debía guardarlo. Que lo colocara debajo de mi colchón.

—Y... ¿lo hiciste?

—Sí.

—¿Alguien más sabía que lo tenías?

Me esforcé por recordar.

—Dillingham.

—¿Qué pasa con él?

—Cuando te lo iba a devolver, lo tenía en la mano. Dillingham lo vio. Estoy segura de que lo hizo.

—Y si se lo dijo a alguien más... —reflexionó Zachariah en voz alta—, ahora no hay un alma a bordo que no lo sepa.

En el momento en que lo dijo, supe que estaba en lo cierto. Y me acordé de algo más. *Zachariah también me había dicho que lo guardara debajo de mi colchón.* Miré alrededor y le descubrí mirándome de reojo.

—Zachariah, yo no maté a Hollybrass. Estaba arriba cuando sucedió. Y cuando subí, fue el capitán quien me dio un cuchillo para trabajar. Yo ni siquiera tenía uno.

—¿Qué paso con el que te dio?

—Lo perdí.

Gruñó. No sabía si quería decir sí o no.

Una vez más estuve a punto de acusarle del crimen. Mientras lo decidía la vela se consumió y se apagó. La oscuridad pareció tragarse mi habilidad para hablar. No la de Zachariah, que se convirtió en un repentino y sorprendente torrente de terribles historias de cada uno de los miembros de la tripulación. Todos esos marineros, decía, habían tenido problemas con la ley en un momento u otro. No eran simples ladrones o rateros, algunos eran verdaderos criminales.

Pero fue más convincente lo que *no* dijo que lo que dijo. Cuanto más hablaba Zachariah más convencida estaba de que con su dispersa charla trataba de alejarnos de la pregunta crucial: ¿quién mató al señor Hollybrass? Y cuanto más evitaba responder a esa pregunta, más convencida estaba de que había sido él.

Pero, ¿cómo podía acusarlo? El capitán sabría entonces que estaba vivo, y eso ¡seguro que significaría la muerte de Zachariah! Además, arruinaría los planes de la tripulación, para los que necesitaban a Zachariah, de entregar al capitán Jaggery a la justicia.

No es de extrañar entonces que no le pudiera hacer la pregunta. ¡No lo quería saber!

Me sobresaltó un ruido. Sentí la mano de Zachariah en mi brazo, era un aviso.

Un rayo de luz cayó sobre la oscuridad. Pude ver que la escotilla de cubierta había sido abierta. Instantes después oí a alguien en la escalera.

Me metí disparada de nuevo en el calabozo. Zachariah se apresuró a colocar los barrotes. Luego recogió la jarra de agua y desapareció de mi lado. No pude ver adónde iba.

Miré hacia la escalera y vi al capitán Jaggery bajar lentamente. Llevaba una linterna y tenía una pistola metida en su cinturón.

Cuando llegó al pie de la escalera se detuvo y miró a su alrededor, como si estuviera inspeccionando la bodega. Finalmente se acercó al calabozo. Levantó la linterna y me observó detenidamente como si fuera una *cosa*. Nunca había visto ni veré una mirada cargada de tanto odio; su clara y precisa intensidad se veía acentuada por su aspecto: tenía el pelo despeinado, la cara sucia, la mandíbula temblorosa.

Me dijo:

—Señorita Doyle, asesinar a un compañero, un oficial, es un crimen capital. El castigo para un acto semejante es la horca. Le aseguro que no es necesario un juicio, las pruebas son evidentes. Tengo derecho a dictar sentencia sin un juicio previo. Pero insisto en que quiero que tenga justicia. Así que no seré yo quien la juzgue, no soy tan tonto. No, la sentencia será dictada por aquellos a los que considera sus iguales, sus compañeros.

Dicho eso, quitó el candado del calabozo y abrió la puerta.

—Así será, señorita Doyle. Su juicio va a comenzar.

Capítulo 18

Cuando salí a cubierta, la belleza del día —un sol brillante, un cielo azul resplandeciente, nubes blancas y enormes— hizo que me protegiera los ojos. Y aunque el *Halcón del mar* cabeceaba y se mecía suavemente en el más tranquilo de los mares, sentí que me fallaban las piernas. Cuando fui capaz de mirar, descubrí que el capitán había montado una especie de tribunal.

En el combés, por estribor, había colocado a la tripulación en dos filas: unos estaban sentados en cubierta, el resto detrás, de pie. Delante de ellos, sobre la escotilla de la bodega, había colocado una silla. El capitán me llevó rápidamente delante de la tripulación (ninguno de ellos me miró a los ojos) y me indicó que me sentara en la silla. Según me dijo sería el banquillo de los acusados.

Él se sentó en una de las elegantes sillas de su camarote, situada detrás de la barandilla del alcázar. Con la culata de su pistola golpeó bruscamente la barandilla.

—Se declara abierto el juicio de conformidad con la legalidad —dijo—. Dadas las abrumadoras pruebas en contra de la acusada, no sería necesario celebrar este juicio. Pero como le he dicho a la señorita Doyle, gozará del beneficio de mi generosidad.

Diciendo eso, levantó su Biblia, y aunque se había sentado, se volvió a levantar de golpe y se acercó a la tripulación. En primer lugar a Fisk.

—Ponga su mano —le pidió.

Fisk hizo lo que le ordenó, pero, visiblemente nervioso, tocó el libro como si fuera un plato caliente.

—Señor Fisk —recitó—, ¿jura decir la verdad, toda la verdad y nada más que la verdad, con la ayuda de Dios?

Fisk vaciló. Rápidamente miró hacia mí.

—¿Lo jura? —insistió el capitán Jaggery.

—Sí —respondió Fisk finalmente, con un apagado susurro.

Satisfecho, el capitán se acercó al siguiente hombre, y luego al siguiente, y así hasta que hizo jurar a toda la tripulación.

Deduje por la solemnidad de sus caras, sus gestos nerviosos y su mirada baja, que los hombres se sentían profundamente inquietos por el juramento que acababan de hacer. Ninguno se tomaba la Biblia a la ligera.

Pero estaba segura de que todos ellos creían, como yo, que el asesinato había sido cometido por Zachariah, por quien ellos habían conspirado para esconderlo en la bodega. Le serían fieles a él, no a mí. Dirían la verdad, pero de tal manera que protegieran a Zachariah. ¿Cómo no estar de acuerdo con ellos?

Después de jurar, el capitán se acercó a mí. También yo puse mi mano sobre la Biblia. También yo prometí decir la verdad aunque sabía que no diría toda la verdad.

Finalizado el juramento, el capitán regresó a su silla y de nuevo golpeó la barandilla con su pistola.

—Póngase en pie la acusada —dijo.

Me levanté.

—Ante este tribunal —continuó—, yo, capitán Jaggery, por la autoridad como patrón del *Halcón del mar*, la acuso, Charlotte Doyle, del horrendo crimen de Samuel Hollybrass, nacido en Portsmouth, Inglaterra, primer oficial del *Halcón del mar*. Señorita Doyle, ¿cómo se declara?

—Capitán Jaggery —traté de protestar.

—¿Cómo se declara, señorita Doyle? —repitió severamente.

—Yo no lo hice.

—Entonces, se declara inocente.

—Sí, inocente.

—Señorita Doyle —me preguntó, con lo que podría haber jurado era una ligera sonrisa—, ¿quiere retirar su petición de formar parte de la tripulación? Es decir, ¿desea esconderse detrás del nombre de su padre, y así evitar ser juzgada por estos hombres?

Me giré un poco para estudiar a la tripulación. Me estaban mirando intensamente pero no me ofrecieron ayuda. Aunque sabía que había una trampa en la pregunta del capitán, me resistía a retirar mi confianza en los hombres cuando más les necesitaba.

—Señorita Doyle, ¿desea ser juzgada por estos hombres o no?

—Confío en ellos —dije finalmente.

—¿Quiere acusar a alguien del asesinato?

—No —contesté.

—Que quede claro —dijo el capitán— que la acusada insiste en ser juzgada por este tribunal y, más aún, que no acusa a nadie del crimen.

Dicho eso, puso el diario de a bordo en su regazo y escribió con una pluma mis palabras.

Luego, me miró:

—Señorita Doyle, ¿está de acuerdo en que alguien asesinó al señor Hollybrass?

—Sí.

—¿Alguien del *Halcón del mar*?

—Tiene que serlo.

—Exacto. Alguien de este barco. Y en este momento usted es el único acusado.

—*Usted* me ha acusado.

—Pero le he dado la oportunidad, señorita Doyle, y usted no ha acusado a nadie más.

Estaba claro que ése era el punto clave para él. Lo único que pude contestar fue *sí*.

El capitán hizo una anotación en su diario y volvió a mirar a la tripulación.

—¿Hay alguien dispuesto a defender a esta prisionera?

Me giré hacia los hombres que había empezado a llamar amigos. Ewing. Barlow. Fisk. Ninguno de ellos me miró.

—¿Nadie? —se burló el capitán.

Nadie.

—Muy bien —continuó el capitán—. Señorita Doyle, se tendrá que defender a usted misma.

—Le tienen miedo —dije—. No hablarán porque...

—Señorita Doyle —me interrumpió—, ¿no es mi derecho, mi obligación, como señor de este barco, averiguar quién empuñó el puñal y por qué motivos?

—Sí, pero...

De nuevo, me interrumpió.

—¿He pedido algo aparte de la verdad?

—No...

—El asesinato fue cometido por alguien de este barco. Eso está fuera de duda. Pero, ¿tiene alguna pista de quién pudo hacerlo?

—No, pero...

—Señorita Doyle, aunque ninguno de estos hombres se ha ofrecido a defenderla, todos han jurado decir la verdad. ¿Podría pedir algo más?

Una vez más permanecí callada.

—Muy bien. Empecemos.

Se reclinó en su silla, con el diario aún en su regazo, la pluma en la mano y la pistola preparada.

—Hemos decidido que el señor Hollybrass fue asesinado. ¿Hay alguien aquí que crea que no fue asesinado con esta arma?

Mostró el puñal. Nadie dijo nada.

El capitán continuó:

—Ahora tenemos que determinar quién es el propietario, señorita Doyle —dijo—, ¿reconoce este puñal?

—Capitán Jaggery, lo dejé...

—Señorita Doyle —repitió—. ¿Reconoce este puñal?

—Capitán Jaggery...

—¿Fue ésta el arma con la que fue asesinado el señor Hollybrass? —repitió.

—Sí.

—Muy bien entonces —dijo—, se lo preguntaré una vez más. ¿Reconoce este puñal? Háblenos de él.

—Me lo dio Zachariah.

—¿El señor Zachariah? —preguntó fingiendo sorprenderse.

—Sí. Y se lo mostré a usted unos días después.

—Pero cuando usted me lo enseñó —añadió rápidamente—, ¿no le pregunté quién se lo había dado? ¿Y que me dijo entonces?

No contesté.

—Me dijo que se lo había dado un tal señor Grummage de Liverpool. ¿No es así?

—Capitán Jaggery…

—Responda a la pregunta. ¿Sí o no?

—Sí.

—¿Me está diciendo que me mintió? ¿Sí o no?

—Sí —dije, mirando suplicante a la tripulación—, pero sólo porque no quería causarle problemas a Zachariah.

—No importan las excusas, señorita Doyle, usted admite que me ha mentido.

—Sí —me vi obligada a decir—. Y usted dijo que lo guardara, ¿no es cierto?

—Sí, se lo dije. Y usted lo guardó, ¿no?

—Sí —dije hoscamente, notando que me estaba tendiendo una trampa.

Se giró hacia la tripulación.

—¿Alguno de ustedes vio a esta niña con el puñal en la mano?

Los hombres se removieron incómodos.

—Señores, vamos —bramó el capitán—. Esto es un tribunal. Todos tienen la obligación de decir la verdad. Lo han jurado sobre la Biblia. Se lo preguntaré de nuevo, ¿alguno de ustedes ha visto a esta niña con este puñal?

La tripulación pareció mirar a todos sitios menos hacia el capitán. Y entonces vi a Dillingham rascarse la nuca.

También le vio el capitán.

—Señor Dillingham, ¿tiene algo que decir? Dé un paso adelante, señor.

Dillingham se adelantó torpemente.

—¿Tiene algo que decir?

—La vi con el puñal, señor.

—¿Cuándo?

—Poco después de que embarcáramos.

—Gracias, señor Dillingham. Aplaudo su sinceridad. ¿Alguien más la vio con el puñal, señor Ewing?

Ewing dijo lo mismo que Dillingham. También Foley, cuando le interrogó. Y el señor Johnson.

El capitán estaba apoyado sobre la barandilla, se veía claramente que se estaba divirtiendo de lo lindo.

—¿Alguien no la vio con el puñal? —dijo secamente.

Nadie habló.

—Quiero —dijo— dejar claro lo extraño que es que una niña lleve un puñal.

—No tiene derecho a decir que sea extraño —protesté—. Usted mismo me dio uno.

—¿Lo hice?

—Sí, durante la tormenta.

—¿Por qué lo hice?

—Para cortar las jarcias.

—Dejemos claro que eso fue una emergencia. Pero, ¿por qué razón tendría usted un puñal si no fuera para una emergencia?

—Para defenderme.

—¿Defenderse? ¿De quién? ¿De qué?

Aterrada de sus trampas, no sabía qué decir.

—¿De qué? —insistió—. ¿Alguien la amenazó? ¿Alguno de estos hombres?

—No, ninguno de ellos.

—¿Quién entonces? Venga, hable.

—Usted.

—¿Cómo?

—Usted me golpeó.

—Señorita Doyle, yo golpeo a los miembros de la tripulación. Es algo normal —se giró hacia sus hombres—. ¿Alguno de ustedes ha conocido a algún capitán que no lo hiciera de vez en cuando? Hablen, digan si no le ha sucedido a alguno de ustedes.

Nadie dijo nada.

El capitán se giró hacia mí.

—¿Y cree que por eso se vuelven contra mí con un puñal? ¿Es eso lo que está sugiriendo, señorita Doyle? ¿Sugiere que miembros de la tripulación pueden asaltar a su capitán?

De nuevo me había confundido.

—Además —añadió—, usted tenía ese puñal desde el primer día. ¿Pensaba ya entonces que yo le iba a atacar?

—No. Creía que era un caballero.

—Entonces, señorita Doyle, usted tenía el puñal antes de encontrarse conmigo, ¿no es así?

—Sí —admití.

El capitán sonrió visiblemente satisfecho.

—Luego, está claro que el puñal es suyo. Y la vieron con él. Lo admite.

Se giró hacia la tripulación.

—¿Alguno de ustedes la vio con un puñal en la mano en otro momento que no fuera esos primeros días? Dé un paso al frente quien lo hiciera.

Fue Grimes quien dio un paso al frente.

—Ah, señor Grimes, usted parece tener algo que decir.

—Le pido disculpas, señor. Yo la vi.

—¿En qué circunstancias?

—Cuando le estaba enseñando a manejar el puñal.

—¿*Enseñarla* a manejar el puñal? —repitió el capitán alzando la voz.

—Sí, señor.

—¿Cuándo?

—Antes de la tormenta.

—¿Y aprendió?

—Sí, señor.

—¿Lo manejaba bien?

—Sí, señor. Sorprendentemente bien.

—Señor Grimes, por curiosidad, ¿alguna vez supo de alguna otra chica que quisiera aprender a manejar el puñal?

Grimes vaciló.

—Responda.

—No, señor.

—¿Cree que es anormal?

—Señor, no sé si…

—¿Está de acuerdo o no?

Balanceó la cabeza como disculpándose.

—De acuerdo.

—¡Anormal de nuevo! —proclamó el capitán—. El señor Hollybrass fue asesinado durante el huracán. ¿Alguno de ustedes vio a esta chica en cubierta durante la tormenta? —miró a la tripulación—. ¿Alguno de ustedes?

Hubo algunos murmullos de asentimiento.

—Señor Barlow, creo que ha dicho sí. ¿Qué estaba haciendo la señorita Doyle?

—Estaba con la tripulación, señor. Haciendo su trabajo como todos los demás. Un buen trabajo, por cierto.

—Haciendo su trabajo como todos nosotros –repitió el capitán burlonamente—. Señor Barlow, usted no es joven. Durante todos sus años de marinería, ¿ha visto alguna vez o ha oído de alguna *chica* que hiciera el trabajo de la tripulación?

—No, señor, nunca.

—Así que no es frecuente.

—Supongo.

—Supone. ¿Diría que es anormal?

—¡Eso no es justo! —grité—. Infrecuente y anormal no son lo mismo.

—Señorita Doyle, ¿tiene alguna objeción?

—¡No hay nada anormal en lo que hice! —insistí.

—Señorita Doyle, déjeme preguntarle una cosa. ¿Alguna vez ha oído que una chica se uniera a la tripulación de un barco?

Me sentí atrapada.

—¿Sabe de alguna?

—No.

—Así que incluso usted lo admite.

—Sí, pero…

El capitán se volvió hacia la tripulación.

—¿Alguien ha oído hablar de otra chica que hiciera lo mismo que la señorita Doyle?

Nadie dijo nada.

—Así que tenemos a una chica que admite ser la propietaria del arma que asesinó al señor Hollybrass. Una chica que mintió sobre su procedencia. Una chica que aprendió a manejar un puñal y lo hizo, como ha dicho el señor Grimes, anormalmente bien. Una chica, como todos hemos dicho, que se comporta siempre de una forma anormal. Señores, no debemos, como hombres normales, prestar atención. ¿No es nuestro deber, nuestra obligación, proteger el orden natural de este mundo?

Una vez más se volvió hacia mí.

—Señorita Doyle —dijo—. El señor Zachariah era amigo suyo.

—El mejor de los amigos.

—¿Qué le sucedió?

—Fue azotado —murmuré.

—¿Y?

Por última vez miré suplicante a la tripulación. Ahora todos me estaban mirando.

—Le he hecho una pregunta, señorita Doyle. ¿Qué le sucedió al señor Zachariah?

—... murió —musité—. Azotado hasta morir.

—¿Quién le azotó?

—Usted lo hizo, sin piedad.

—¿Alguien más?

—El señor Hollybrass.

—El señor Hollybrass. ¿Por qué fue azotado Zachariah?

—No había una razón.

—¿No la hubo? ¿No formó parte de un motín?

—Tenía todo el derecho...

—¿Derecho a amotinarse?

—Sí.

—Usted misma, señorita Doyle, le recuerdo que, aterrada, me contó que se estaba preparando un motín. El señor Zachariah era uno de los participantes. ¿Aun así piensa que fue *injusto* azotarle?

—Usted quería matarlo.

—Así que estaba enfadada conmigo.

Le miré a sus ojos brillantes.

—Sí —declaré—, merecidamente.

—¿Y con el señor Hollybrass?

Tras un momento dije de nuevo:

—Sí.

—El señor Zachariah era un amigo muy especial, ¿no, señorita Doyle?

—Sí.

—Era negro.

—¡Era mi amigo!

—Así que estaba resentida por el castigo que había recibido merecidamente.

—No se lo merecía.

—¿El asesinato es un acto anormal, señorita Doyle?

—Sí.

—¿No es anormal la ropa que lleva?

—No para el tipo de trabajo que hago...

—¿Qué trabajo es ése?

—Soy miembro de la tripulación.

—¿Es normal que una niña forme parte de la tripulación de un barco?

—Poco frecuente —insistí—. No anormal.

—¿Su cabello?

—¡No podía trabajar con el pelo tan largo!

—¿Trabajar?

—Soy miembro de esta tripulación.

—Anormal —dijo.

—Infrecuente —dije.

—Así que, señorita Doyle, aquí tenemos —insistió el capitán— a una chica anormal, vestida de una forma anormal, haciendo cosas anormales, propietaria del puñal que mató al señor Hollybrass, a quien usted no apreciaba por haber azotado a su buen amigo negro.

—¡Usted lo retuerce todo haciéndolo parecer mal cuando no lo es! —grité.

Se volvió hacia la tripulación.

—¿Alguien quiere decir algo en defensa de esta chica?

Nadie dijo nada.

—Señorita Doyle —dijo—, ¿desea decir algo más?

—Mi padre…

—Señorita Doyle —gritó el capitán—, cuando le ofrecí la oportunidad de reclamar la protección de su padre, usted la rechazó.

Abatida, me limité a bajar la cabeza.

—Muy bien, entonces dictaré sentencia.

Se levantó.

—Como patrón del *Halcón del mar*, declaro que esta chica anormal, Charlotte Doyle, es culpable del asesinato de Samuel Hollybrass.

Por última vez se volvió hacia la tripulación.

—¿Alguien quiere decir algo en contra de este veredicto?

Nadie dijo nada.

—Señorita Doyle, así han hablado los hechos. Le informo que el castigo para un crimen como el suyo es ser ahorcada desde el penol. En veinticuatro horas será ahorcada hasta morir.

Dicho eso, golpeó la barandilla con su pistola.

El juicio había terminado.

Capítulo 19

El capitán me condujo de vuelta a la bodega y me encerró en el calabozo sin decir una palabra. Le di la espalda, pero creo que se quedó de pie, mirándome durante un rato bajo la tenue luz de su linterna. Luego se fue. Oí sus pisadas de vuelta y el crujido de la escalera, y observé cómo la luz se desvanecía poco a poco hasta que la bodega se quedó completamente a oscuras de nuevo. Me derrumbé sobre el banco. Y aunque estaba a oscuras cerré los ojos.

Sorprendida por un ruido, los abrí de nuevo. Zachariah, con una pequeña vela en la mano, estaba delante de mí.

En silencio, dio la vuelta al calabozo y sacó los barrotes. Me arrastré fuera y nos sentamos juntos, con las espaldas otra vez apoyadas contra un barril. Delante de nosotros puso la vela. Le conté lo que había sucedido. Permaneció en silencio, asintiendo de vez en cuando.

Cuando terminé, estaba llorando a lágrima viva. Zachariah me dejó sollozar. Esperó a que terminara el último gemido y me preguntó:

—¿Cuánto tiempo te ha dado?

—Veinticuatro horas —murmuré.

—Charlotte —dijo suavemente—, no lo hará.

—Hace lo que promete —dije amargamente—. Tú mismo lo dijiste. Y toda la tripulación está de acuerdo con él. Fue cuidadoso. Puntilloso —le espeté, recordando las palabras que había utilizado para describirse a sí mismo.

—No conozco esa palabra.

—Que quiere todo en orden.

—Ah, sí, ése es él —Zachariah se rascó la barba de tres días que tenía—. ¿Nadie habló en tu favor?

—Nadie.

Sacudió la cabeza.

—Eso no lo entiendo.

Levanté la mirada.

—¿No lo entiendes? —por primera vez me sentí furiosa con él—. ¿Por qué?

—¿No se habían convertido en tus amigos?

—No tengo amigos.

—No debes decir eso, Charlotte. ¿No te lo dije desde el principio? Tú y yo somos amigos.

Moví la cabeza al recordarlo.

—¿Qué es esto? —dijo, tratando de bromear—, ¿no somos amigos?

—Zachariah —estallé—. ¡Me van a colgar!

Hizo un gesto de rechazo.

—No lo hará.

—¿Cómo puedes estar tan seguro?

—No le dejaré.

—¿Tú? Te pondrás en peligro. ¿Qué pasa con tu plan de acudir a las autoridades?

—Lo tendré que abandonar.

—¿Después de todo lo que ha pasado?

—Sí.

—No te creo.

—Charlotte, ¿por qué dices eso?

Como permanecí en silencio, dijo:

—Vamos, Charlotte, algo más te está rondando por la cabeza. Algo amargo. Tienes que decírmelo.

—¡No me digas lo que tengo y no tengo que hacer! —grité—. ¡Eres como Jaggery!

Me retiré al calabozo.

Se acercó, pegando su cara a los barrotes.

—Charlotte —insistió—. Ahora, de verdad, dime por favor qué es lo que quieres decir.

—Zachariah —dije llorando de nuevo—. *Sé* quién mató al señor Hollybrass.

—Entonces, ¿por qué no lo dices en alto para que lo pueda oír? —preguntó con aspereza.

—Estoy esperando que lo diga él —me contestó.

Suspiró.

—Hay un viejo refrán marinero, señorita Doyle, que dice: el diablo atará cualquier nudo, excepto la soga del ahorcado. Eso lo hace el pobre marinero por sí mismo. Es una tontería que guarde silencio. Se lo ruego, ¿quién piensa que ha sido?

Apreté los labios.

—Señorita Doyle —me dijo—, si quiere salvarse, me lo tendrá que decir. Estoy tratando de ayudarla, pero no puedo hacerlo sin saber lo que piensa. Tiene algunas opciones, señorita Doyle. ¿Las tengo que decir en voz alta? ¿Prefiere colgar del penol por el cuello? ¿O prefiere hablar? ¿Qué quiere, señorita Doyle?

—Vivir.

Suspiró.

—Entonces, hable.

—Señor Zachariah —contesté con creciente desánimo—. Ya se lo he dicho, quiero que el asesino confiese.

—Dudo que lo haga.

—Eso parece —dije, con más amargura si es que era posible.

El tono de mi voz le alarmó. Me examinó aviesamente:

—Señorita Doyle, ¿por qué me está llamado *señor* Zachariah?

—Por la misma razón por la que me está llamando señorita Doyle.

Ladeó la cabeza. Podía sentir su mirada clavada sobre mí. Durante un instante tuve el valor de devolvérsela, pero rápidamente la desvié.

Me dijo:

—Charlotte... sospechas de mí. ¿Estoy en lo cierto?

Asentí.

—Mírame.

Lo hice.

Suspiró de nuevo.

—¿Es de verdad posible que pienses que yo asesiné al señor Hollybrass?

Tras una pausa admití:

—Sí.

—¿Y por qué?

—¡Zachariah! —grité—, tú estabas en cubierta. Tenías muchas razones para quererle muerto. Y como te lo había dicho, sabías dónde escondía yo el cuchillo. Supongo que hubieras preferido matar al capitán, pero el primer oficial te servía. Y nadie lo sabría, ¿verdad? Y menos aún Jaggery. Estoy segura de que eso es lo que la tripulación piensa —dije apresuradamente—. ¡Y por eso no me han defendido! Te están protegiendo, Zachariah, como han hecho todo el tiempo. ¡No se lo puedo echar en cara!

Me derrumbé en el suelo, llorando.

Zachariah no dijo nada durante un rato. Y cuanto más tiempo pasaba callado, más segura estaba de que confesaría la verdad.

—Charlotte —dijo al final—, si lo crees, ¿por qué no lo dijiste antes?

—Porque eres el único (eso es lo que me contaste, y te creo), el único que puede bajar del *Halcón del mar* cuando lleguemos a Providence y denunciar a Jaggery ante las autoridades.

—¿Por eso no has dicho nada?

—Sí.

—Eso te honra —musitó.

—¡No me preocupa mi honor! —exclamé—. ¡Preferiría vivir! Pero lo mínimo que podrías hacer por mí es ser sincero.

Vaciló, y luego dijo:

—Charlotte, no lo sabes todo.

—Sí, supongo que me faltan cosas por aprender…

—Charlotte —dijo con gran solemnidad—. Yo no maté al señor Hollybrass.

Le miré suspicazmente.

—Charlotte —prosiguió—, podemos creernos el uno al otro y vivir, o no creernos y morir.

—Quiero creerte —dije—. De verdad —me derrumbé de nuevo en el banco. Durante un rato ninguno de los dos dijo nada. Parecía que no había nada que decir. Luego, desesperada, le confesé—: Zachariah, algunas veces pienso que Jaggery lo ha preparado todo para que tú y yo nos acusemos mutuamente. Pero dices que no sabe que estás vivo.

Se quedó rígido.

—Repite lo que has dicho.

—¿Qué?

—Lo último.

—¿Que no sabe que estás vivo?

—Sí —se alejó del calabozo y se sentó, visiblemente turbado. Un rato después murmuró—. ¡Charlotte!

—¿Qué?

—Durante la tormenta, Jaggery me vio en cubierta.

Asimilé sus palabras lentamente.

—Zachariah, ¿estás diciendo que el capitán sabe que estás *vivo* y que no ha hecho *nada*?

—Sí.

—¿Cuándo te vio? —le pregunté.

—Como te he dicho, durante la tormenta. Yo estaba en cubierta, tratando de llegar al trinquete.

—¿Antes o después de ayudarme?

Reflexionó un momento.

—Antes. Sí, debido al viento iba agachado y oí voces discutiendo. Al principio no pude distinguir de quiénes eran, luego vi al capitán Jaggery y al señor Hollybrass. Eran ellos los que estaban discutiendo. Airadamente. Oí cómo el señor Hollybrass acusaba al capitán de haber arrastrado al *Halcón del mar* deliberadamente a la tormenta. Jaggery estaba furioso. Estaba convencido de que iba a pegarle. Luego el primer oficial se marchó mientras el capitán se giraba hacia mí. Al principio no me reconoció. Sólo blasfemó... como yo. Pero luego...

—¿Qué hizo?

—Nada. Se me quedó mirando de una manera extraña. Mientras, la tormenta estaba empeorando. Antes de que pudiera hacer o decir nada, me encaminé al trinquete donde podía serte de ayuda.

—¿No te preguntaste por qué después de la tormenta no hizo nada?

—Charlotte, tú misma me dijiste que cuando te ayudé en el mástil pensaste que era un fantasma o un ángel, quizá. Piensa en Jaggery. Si hubo alguna vez un hombre con pecados en el alma, con pecados suficientes para levantar a los muertos de siete mares, ése es él.

—Cuando, después de la tormenta, no hizo nada, decidí que eso era justo lo que pensaba: que había sido una aparición. El que me dejara en paz era prueba suficiente. ¿Cómo se explicaba si no? Así que me creí a salvo.

Le miré a través de los barrotes, tratando de comprender toda la importancia de lo que había dicho.

—Zachariah —dije lentamente, tratando de aclarar mis acelerados pensamientos—, durante el juicio insistió en preguntarme qué te había pasado.

—¿Y le respondiste...?

—Para asegurarme de que no sabía nada, dije que habías muerto. Pero Zachariah, si sabía que estabas vivo, también sabría que todos los demás estaban al corriente. Y pensaría, igual que lo pensaba yo, que habías matado al señor Hollybrass. Pero no dijo nada.

—Para condenarte.

—Una vez que se hubiera librado de mí, se podría ocupar de ti. No podía hacerlo al contrario por miedo a que yo fuera a las autoridades, como le amenacé. ¿Piensas que sabe quién mató de verdad al señor Hollybrass?

—Puede.

—Pero, ¿quién fue?

Zachariah se quedó pensativo.

—Matar a un hombre durante una tormenta así, cuando se necesita a todo el mundo desesperadamente, implica cierta... locura —dijo finalmente.

—Entonces —dije—, ¿eso a quién nos deja?

Nos miramos. Y finalmente lo supimos.

—El capitán —dije—. Tuvo que ser él quien matara al señor Hollybrass.

—Charlotte —protestó Zachariah—. El señor Hollybrass era el único amigo de Jaggery.

—Sí, la gente pensaba que eran amigos. Nadie acusaría al capitán Jaggery. Pero tú mismo me dijiste que nunca habían navegados juntos. Y nunca los sentí muy cercanos. ¿Tú sí?

—No...

—Dijiste que se pelearon —continué—. Yo también vi parte de esa pelea. Durante la tormenta incluso llegaste a ver que el capitán Jaggery levantaba una mano para pegar al señor Hollybrass después de que éste lo acusara.

—De navegar deliberadamente hacia la tormenta.

—¿Es ésa una acusación seria?

—Los propietarios se alarmarían, pero de ahí a *matarlo*...

—Zachariah, él te ve. Sabe que estás vivo. Se da cuenta de que la tripulación también lo tiene que saber. Eres una amenaza para él. Eso es lo que eres. Y de repente recibe otra amenaza por parte del señor Hollybrass. Pero, si le asesinaba, todo el mundo pensaría que tú eras el culpable.

—Y entonces, te acusa a ti —dijo Zachariah.

—¡Mira todo lo que ha conseguido! —grité.

Zachariah se quedó mirando a la oscuridad. Luego habló lentamente:

—La tripulación guardó silencio para protegerme, incluso aunque eso significara tu muerte.

A lo que añadí:

—Y una vez que me haya ido, Zachariah, entonces... se ocupará de ti.

Zachariah se quedo pensando. Finalmente le oí susurrar:

—Que los dioses nos protejan...

La excitación de nuestro descubrimiento decayó. Nos sentamos en silencio. Al rato la vela se apagó.

—¿Qué podemos hacer? —pregunté abatida.

—Charlotte, tenemos que forzarle a confesar.

—Es demasiado poderoso.

—Es verdad, no conseguiremos que confiese mientras él tenga una pistola y los demás no.

—¿Qué quieres decir?

—Charlotte, acuérdate de lo que ocurrió la primera vez que nos amotinamos. Has estado en su camarote, ¿no es cierto? Has tenido que ver la caja fuerte llena de mosquetes. Uno no quiere mezclarse con eso. Nadie sabe dónde guarda esa llave.

Me levanté y le agarré del brazo:

—Zachariah —dije—, sé dónde la guarda.

Capítulo 20

Me arrastré fuera del calabozo y rápidamente le conté a Zachariah lo que había pasado cuando informé al capitán Jaggery de la petición en rueda, y de cómo había sacado la llave de detrás del retrato de su hija y había abierto la caja fuerte.

Zachariah gruñó.

—Nunca pensé en mirar allí.

—¿Registraste su habitación?

—Claro que sí. Si hubiéramos podido conseguir esa llave y las armas, le habríamos detenido antes. Y aún podemos, te lo prometo.

Sentí una oleada de entusiasmo.

—¿Hay alguien que ahora tenga acceso a su camarote? —pregunté.

—No lo sé —respondió Zachariah—. Pero tú podrías ir.

—¿Yo?

—Tú sabes exactamente dónde está, ¿no es cierto?

—Pero se supone que yo debería estar aquí.

—Exacto.

—¡Zachariah! —grité—. Es una locura. ¿Qué pasaría si me atrapara?

—Nada peor de lo que intenta hacerte.

Vi la truculenta lógica de su planteamiento.

—Pero, aunque consiguiera la llave, ¿luego qué pasaría?

—Si Jaggery no tiene los mosquetes, los hombres se podrían amotinar otra vez.

—¿Qué pasaría si la tripulación se hiciera con las armas? ¿Qué harían?

—No te puedo responder a eso —admitió.

—No quiero más muertes —dije.

Lo tremendo de la idea me asustaba.

—¿Por qué no vas tú? —quise saber.

—Si me atrapa, Charlotte, se podrá librar de nosotros dos. Si fracasaras, yo aún tendría una oportunidad de intentarlo y actuar.

—¿Intentarlo?

—Charlotte, es todo lo que te puedo prometer.

Consideré sus razones. Luego dije:

—Zachariah, me dijiste que la tripulación bajaba a traerte comida.

—Sí.

—No haré nada hasta que les digas que no fuiste tú quien mató a Hollybrass. Ni yo. Y que estamos seguros de que fue el capitán Jaggery. Así me sentiré mucho más segura cuando lo intente.

—Te entiendo.

—¿Cuándo vienen?

—Cuando pueden.

—Zachariah —le recordé—. Sólo tengo veinticuatro horas.

—Vuelve a entrar —dijo, señalando el calabozo y poniéndose de pie—. Trataré de encontrar a alguien.

Me retiré a la jaula. Ajustó los barrotes y me dejó a mano una nueva vela, así como una caja de yesca. Le oí retirarse en la oscuridad hasta que perdí la noción de dónde estaba.

Esto es lo que me sucedía en la oscuridad: me sentía libre de espacio y tiempo. Atrapada como estaba, me podía refugiar en mis recuerdos de todo lo que había sucedido desde mi llegada a Liverpool con el extraño señor Grummage. Parecía que había pasado un millón de años, y a la vez había pasado volando. No pude evitar sentirme satisfecha de todo lo que había conseguido.

Quizás había sido por el comentario de Zachariah sobre mi padre, pero por primera vez en mucho tiempo empecé a pensar en mi verdadero hogar en Providence, Rhode Island. Aunque sólo conservaba vagos recuerdos de la casa, me había marchado con seis años, los que tenía de mi madre, mi padre, mi hermana y mi hermano eran muy vivos y nítidos.

Sorprendida, ya que era curioso que no hubiera pensando en mi familia en tanto tiempo, empecé a imaginar en cómo explicarles todo lo que había sucedido, si vivía. Con gran realismo me vi relatando mi aventura, mientras ellos, agrupados a mi alrededor, escuchaban fascinados, llenos de atención, asombrados pero orgullosos de mí. Sólo de pensarlo, mi corazón se hinchó de satisfacción.

Aún estaba perdida en mis sueños, cuando oí las pisadas de alguien acercándose. Como no sabía quién podría ser, me retiré al fondo del calabozo y esperé. Hasta que escuché:

—Charlotte.

Era la voz de Zachariah.

—Enciende la vela —susurró.

Gateé hacia adelante, encontré la caja de yesca y unos momentos después tuve la vela encendida. Ahí estaba Zachariah. Y a su lado, Keetch.

Desde el primer momento en que le vi, cuando subí a bordo del *Halcón del mar*, nunca le había prestado atención. Era demasiado nervioso, inseguro. No me tranquilizaba ver que era a él a quien había traído Zachariah.

—Señorita Doyle —dijo cuando se acercó, escudriñando la oscuridad—, estoy contento de verla.

—Y yo —le repliqué.

Lo que vino a continuación fue un extraño consejo de guerra. Zachariah dejó claro desde el principio que ni él ni yo habíamos asesinado al señor Hollybrass.

—Pero, ¿quién lo hizo entonces? —preguntó Keetch, visiblemente alarmado.

—El capitán Jaggery —dije rápidamente.

—¿Por qué?... ¿qué quiere decir? —me preguntó.

Le explicamos nuestras conclusiones.

Keetch escuchó atentamente, mirándonos a Zachariah o a mí de vez en cuando, sorprendido, pero asintiendo a todo.

—Asesinó a su propio oficial —murmuró al final sacudiendo la cabeza.

—¿Tienes alguna duda? —le preguntó Zachariah.

—Ninguna sobre ti —le dijo Keetch.

—¿Y sobre mí? —le pregunté.

Pareció reacio a contestar.

—Tal y como lo veo —le dije—, no me quisisteis ayudar durante el juicio porque pensabais que había sido Zachariah quien mató al señor Hollybrass.

—Es cierto —admitió Keetch—. Así lo decidimos. Reconozco que fui yo quien dije que estamos más en deuda con Zachariah que con usted. Entienda —explicó—, las antiguas lealtades.

Le aseguré que lo entendía e insistí en que no les culpaba por ello.

—Como usted sabe —continuó—, yo fui uno de los que no la aceptaron, no como Zachariah. Confieso también que nunca la quise a bordo. Recordará que se lo dije nada más subir.

Asentí.

—Pero más de una vez me demostró que estaba equivocado —concluyó—. Si mi palabra vale algo, puede estar segura de que ningún hombre defenderá más su honor que yo —diciendo eso me ofreció su mano.

Me sentí aliviada ante la aceptación de Keetch. Quizá yo también me había equivocado con él.

Así que en ese momento y allí mismo, nos dimos las manos como viejos marineros. Sentí que un gran peso se me quitaba de encima.

Las noticias que Keetch traía eran cruciales, según los cálculos del capitán estábamos a pocos días de navegación de Providence. Colgarme, entonces, era de la máxima urgencia, de ahí el plazo de veinticuatro horas.

Keetch estuvo de acuerdo con Zachariah en que si podíamos tener alejado al capitán de sus armas, y de la tripulación, se podría organizar otro motín. Podía confirmarlo. Podría responder de eso.

—Pero —avisó—, tiene las armas bajo llave y ésta la tiene él.

—Sé dónde la esconde —dije.

Me miró sorprendido.

—¿Dónde?

Se lo dije.

—¿Y tratará de conseguirla?

—Sí.

Keetch silbó en voz baja.

—Pasa la mayor parte del tiempo en su camarote —dijo.

—Lo único que tienes que conseguir es hacerle subir a cubierta y mantenerle un rato allí —dijo Zachariah.

—Yo estaré aquí, preparada, cuando lo hayas conseguido —añadí—. Una vez que le tengas entretenido, puedo hacerme con la llave de la caja fuerte.

—No necesitará más que un momento, Keetch —insistió Zachariah.

Keetch observó con atención sus manos.

—Sería posible —miró hacia arriba—. ¿Y qué pasa con los otros?

—Vas a tener que decirles que fue el capitán quien asesinó al señor Hollybrass, que no fui yo —le dijo Zachariah—. Ni tampoco ella.

Keetch asintió.

—Van a querer saber qué pasará después con la llave —dijo.

Miré a Zachariah.

—Me la dará a mí —dijo—. Yo estaré en la bodega superior, esperando. Y cuando la tenga, será la ocasión de que tú y yo —dijo dando un codazo a Keetch— organicemos otro levantamiento.

Una vez más esperamos a que Keetch se decidiera. Por el modo en que se movía, era fácil adivinar que estaba nervioso por el plan. Pero era normal. Yo también me sentía nerviosa. Finalmente dijo:

—Es la única posibilidad. Espero que no fracase.

Zachariah se giró hacia mí:

—Ya está —dijo—. Lo haremos.

Después de eso nos dimos las manos y pronto me quedé sola en la oscuridad una vez más.

Quizá parezca extraño, pero no estaba asustada. Estaba convencida de que nuestro plan podía funcionar. ¡Oh, cuánta fe tenía entonces en la justicia!

Estábamos sólo a unos días de viaje de Providence... Sonreí. Regresaría a mi antigua vida con mi familia, pero ahora en América, donde me habían enseñado a creer que reinaba la libertad. Me quedé pensando durante casi una hora, no en lo que iba a suceder, sino en los felices días que me esperaban...

Oí un ruido. Me levanté y escudriñe en la oscuridad.

Zachariah, casi sin aliento, apareció delante de mí.

—Charlotte —me llamó—, ha llegado el momento.

Me arrastré fuera del calabozo. Zachariah había encontrado una pequeña linterna, con una tapa.

—Por aquí —susurró antes de que pudiera preguntarle nada.

Recorrimos la bodega hacia la escalera de la plataforma de la bodega central. Miré hacia arriba. Estaba bastante oscuro.

—¿Qué hora es? —pregunté de repente.

—Dos campanadas de la segunda guardia.

Según los cálculos de tierra ¡eso significaba la una de la mañana!

—¿No lo podríamos hacer a la luz del día?

—Charlotte, se supone que te cuelgan al amanecer.

Mi estómago se dio la vuelta. Me temblaron las piernas.

Zachariah me puso una mano en el brazo como si hubiera percibido mi miedo.

—Estarás bien —dijo.

Cerró la tapa de la linterna hasta conseguir una pequeña ranura y me guió hacia arriba por la escalera. Le seguí hasta que llegamos a la bodega superior. Una vez allí, Zachariah me señaló la escalera de atrás. Me llevaría directamente hasta el camarote del capitán en el entrepuente.

—¿Dónde está el capitán? —susurré.

—Keetch ha avisado que le tiene en el timón —explicó Zachariah en voz baja—. Ha conseguido atascarlo de alguna forma y ha llamado al capitán pidiéndole instrucciones. Le ha levantado de la cama.

—¿Cuánto tiempo tengo?

—Que no te lleve más que lo que necesites —fue su respuesta.

—¿Y en cuanto al resto de la tripulación?

—También están al corriente. Todos lo saben y están esperando. Vete ahora. Te vigilaré desde aquí.

Le miré.

—Charlotte, es esto o la verga del sobrejuanete.

Me arrastré hacia arriba y pronto estaba de pie sola en el entrepuente, escuchando. El firme oleaje, el cabeceo y el vaivén del barco, el gemido y crujido de las maderas, todo me indicaba que un fuerte viento empujaba al *Halcón del mar* hacia casa. Por casualidad la puerta de mi antiguo camarote se abrió. Mientras se mecía hacia delante y hacia atrás, golpeaba ruidosamente y sus oxidadas bisagras chirriaban. ¿Cuándo había oído ese sonido anteriormente? Me acordé de la primera noche a bordo del barco, tendida en mi cama, ¡sintiéndome tan abandonada! ¡Qué asustada estaba entonces! ¡Y a qué poco tenía que temer! Recordaba incluso las voces que escuché al otro lado de la puerta. ¿Quién había hablado? Me pregunté, mientras avanzaba, ¿qué habían dicho?

Nerviosamente, miré hacia atrás por encima del hombro, a través de la puerta del entrepuente. Aunque no podía ver mucho, la suave luz que caía sobre el puente me indicaba que debía de haber luna llena o casi. Me alegré. Significaba que habría algo de luz dentro del camarote.

Inexplicablemente, permanecí allí de pie, perdiendo un tiempo valiosísimo, escuchando a mi vieja puerta golpear y crujir, tratando de perder el miedo que yacía en la boca de mi estómago como un pesado lastre: el presentimiento de que tenía que haber dado *importancia* a aquellas voces que oí durante mi primera noche. La sospecha se convirtió en una invisible cuerda que me impedía moverme. Lo intenté todo lo que pude pero no supe cómo soltarme.

Una repentina zambullida del barco me hizo despertar. Me aseguré de que la linterna estaba bien cerrada y me moví hacia la puerta, puse mi mano en el picaporte y empujé. Se abrió con facilidad.

La habitación se ofreció a mis ojos. En la penumbra pude distinguir sus elegantes muebles, incluso el tablero de ajedrez con sus piezas, todos colocados exactamente como los recordaba de mi primera visita. Y, allí, sentado en la mesa estaba el capitán Jaggery. Tenía la mirada clavada en mí.

—Señorita Doyle –dijo—, qué amable que venga a visitarme. Por favor, entre.

Capítulo 21

Me estaba esperando. Lo único que pude hacer era mirarle atónita.

—Señorita Doyle —dijo el capitán—. ¿Será tan amable de sentarse? —se levantó y me ofreció uno de los asientos tapizados.

El *Halcón del mar* se inclinó, y la puerta detrás de mí se cerró con un golpe. El ruido me sacó de mi aturdimiento.

—Sabía que vendría —susurré, sin poder alzar la voz.

—Por supuesto.

—¿Cómo?

Sonrió ligeramente. Luego dijo:

—El señor Keetch.

—¿Keetch? —repetí abatida.

—Exacto. Fue él quien desde el principio me mantuvo bien informado sobre la tripulación: sobre cómo mantuvieron a otros marineros alejados del barco, de cómo amenazaron a los pasajeros para que no embarcaran. Estaba al tanto de Cranick. De Zachariah. Sí, señorita Doyle, sé que su amigo está vivo y que se ha estado escondiendo en la bodega. Estoy encantado de que se mantenga al margen. Nadie me acusará de asesinato, ¿no es verdad? Más concretamente, sé lo que está haciendo ahora en mi camarote. Es deber del capitán de un barco, señorita Doyle, conocer su nave y a su tripulación. Mantener todo en orden. Ya se lo había dicho. Aparentemente aún le sorprende.

Permanecí quieta.

—¿No quiere sentarse? —me ofreció.

—¿Qué va a hacer conmigo? —pregunté.

—Usted ya tuvo su juicio. ¿No fue justo?

—Yo no maté al señor Hollybrass.

—¿Fue el juicio justo, señorita Doyle?

—Fue usted quien le mató —exploté.

Permaneció callado durante un largo rato. Al final dijo:

—¿Sabe por qué la desprecio, señorita Doyle? —preguntó fríamente, sin emoción.

—No —admití.

—La vida en un barco, señorita Doyle, no carece de peleas —empezó—, a veces son amargas peleas. Pero, señorita Doyle, es una vida que funciona de acuerdo con su propio orden. Cuando un viaje comienza, todos entienden el equilibrio justo que hay entre patrón y subordinados. Yo puedo trabajar con los marineros y ellos conmigo. Los necesito para navegar. Y ellos me necesitan para que los dirija. Vivimos en un áspero entendimiento. Al principio de este viaje tenía grandes esperanzas de que usted me ayudaría a mantener a la tripulación en su sitio, con su toque femenino. Pero, usted, señorita Doyle, ha interferido en ese orden. Usted presume de entrometerse donde no tenía derecho a hacerlo. ¡Dese cuenta de cómo se ha comportado! ¡La forma en la que viste! No importa que sea diferente, señorita Doyle; no se sienta orgullosa de ello. El problema es que su diferencia hace *a los hombres* cuestionarse su sitio. Y el mío. El orden de las cosas. Señorita Doyle, me ha preguntado qué voy a hacer. Voy a...

—Usted mató al señor Hollybrass, ¿no es cierto? —le pregunté.

—Sí.

—¿Por qué?

—Me amenazó —dijo el capitán moviendo la cabeza—, en medio de aquella tormenta. Era intolerable.

—Así que decidió echarme la culpa a mí —insistí—. Para que no acudiera a las autoridades y les dijera la verdad sobre usted.

—¿A quién hay que acusar de este desastroso viaje? —preguntó—. A mí, no, desde luego. No, tiene que ser a alguien de fuera. Al anormal. Para mantener el orden, señorita Doyle, hay que hacer sacrificios. Así que tenía que ser usted.

—¿Soy un sacrificio? —pregunté.

—Con sinceridad le digo que deseaba que se hubiera caído de la jarcia o del bauprés y se hubiera roto el cuello. Pero no lo hizo. Parece que en unos días estaremos en Providence. Por tanto es crucial que cuando lleguemos a tierra esté firmemente establecido como señor. El señor Hollybrass tenía que morir. No es posible que nadie crea que yo sería capaz de una cosa semejante. Por tanto, como usted es la extraña, me apresuro a recordarle que todos lo han proclamado así, usted será la responsable. Y nuestro mundo estará de nuevo en equilibrio.

Seguí sin moverme.

Ignorándome, empezó a encender algunas velas.

Un suave resplandor amarillo inundó la habitación.

—Mire —dijo.

Desconcertada, miré a mi alrededor. Ahora veía lo que antes no había visto a la luz de la luna. Gracias a las velas pude ver que muchos de los muebles estaban rotos. Muchas patas estaban astilladas. El tapizado tenía manchas de agua. Los cuadros de las paredes colgaban torcidos. Muchas de las fotos se habían perdido. Los mapas y papeles de la mesa estaban arrugados o tristemente rasgados. El servicio de té de plata estaba abollado y deslustrado, aunque colocado y presentado como si estuviera perfecto. Las piezas de ajedrez, ahora me di cuenta, no eran más que saleros, pimenteros, tazas rotas y velas dobladas.

Le miré de nuevo. Me estaba mirando como si nada hubiera pasado.

—Casi todo se destruyó durante la tormenta —dijo—. He pasado mucho tiempo arreglando la habitación. ¿No lo he hecho bien? El orden, señorita Doyle, el orden lo es todo. Si quita la luz…. —se inclinó y apagó las velas—. Ve, es difícil apreciar la diferencia. Todo parece en orden.

—Está... loco —dije, pudiendo responderle finalmente.

—Al contrario, señorita Doyle, soy la mismísima encarnación de la razón. Y le voy a demostrar cuán razonable soy. Le voy a dar algunas oportunidades. Usted ha venido a mi camarote, señorita Doyle, con la intención de robarme la llave de las armas. ¿No es así?

No sabía que contestar.

—No tiene que admitirlo. Lo sé. El señor Keetch me ha puesto al corriente de todo —mientras hablaba, se metió la mano en el bolsillo de su chaqueta y sacó una llave—. Aquí la tiene —dijo, lanzándola a mis pies—. Cójala, señorita Doyle. Vaya al armario. Tome uno de los mosquetes. Todos están cargados. Me sentaré aquí. Puede llevar a cabo el plan que usted y Zachariah han preparado. Supongo que se imaginará que seré asesinado. Pero, señorita Doyle, no dude por un instante de que el mundo sabrá que usted participó. ¿Cree que estos marineros se mantendrán callados? No. Abra ese armario y dejará salir el escándalo. El horror. La ruina. No solo para usted. Sino para su familia. Para su padre. Para la compañía. Así que, antes de que elija esa opción, considere esta otra.

Y sin decir una palabra más, caminó hacia la esquina más alejada de su camarote y se hizo con lo que parecía un hatillo de ropa. Lo arrojó a mis pies. Pude ver que era el conjunto que había reservado unas semanas atrás, casi una vida, para el momento del desembarco. Vestido blanco. Medias. Zapatos. Guantes. Sombrero. Todo en buen estado.

—Póngasela de nuevo, señorita Doyle —continuó—. Vuelva a su lugar y a su posición. Renuncie públicamente a sus nuevas maneras. Suplíqueme clemencia delante de toda la tripulación y, tiene mi palabra, la perdonaré, se lo aseguro. Todo volverá a su sitio. Como los muebles de mi camarote. Algo abollado y roto quizás, pero en la penumbra nadie lo notará. Todos salvaremos nuestra reputación. Por supuesto, hay una tercera opción. Usted tuvo su juicio. Hubo un veredicto. Puede aceptarlo y ser colgada. Me inventaré una historia para su familia. Alguna... enfermedad. Un accidente. El huracán. Por tanto, sí, la horca es una de sus opciones. Bueno, ¿qué decidirá? —entrelazó las manos, se sentó de nuevo en la silla y esperó.

En cubierta sonaron tres campanadas.

—¿Qué pasaría si no aceptara ninguna de ellas?

Dudó.

—Señorita Doyle, creía que lo había dejado claro. No hay más opciones.

—Se equivoca —y diciendo eso, me di la vuelta y salí corriendo de su camarote, por el entrepuente hacia el combés.

Como había presentido, había luna llena. Estaba allí arriba, en el más oscuro de los cielos, entre veloces y sombrías nubes. Las velas del trinquete estaban desplegadas y henchidas por la tensión del viento. El mar silbaba en la proa mientras el *Halcón del mar* se desplazaba hacia delante.

La tripulación se había agrupado en fila en la cubierta del castillo y me estaban mirando. Cuando me volví para mirar a la cubierta del alcázar, vi a Keetch, no lejos del astillado muñón que era el palo mayor. Necesité sólo un segundo para darme cuenta de que nuestra conspiración había fracasado y que se había vuelto contra nosotros.

Caminé hacia delante. Detrás de mí oí al capitán Jaggery junto a su puerta. Miré rápidamente hacia atrás: llevaba una pistola en la mano. Mientras salía, me apresuré al otro lado de cubierta.

Por un momento todo estuvo quieto como si cada uno esperara que el otro fuera el primero en moverse.

El capitán Jaggery rompió el silencio.

—Ahí está vuestra compañera —anunció en voz alta a la tripulación—. Entró en silencio en mi camarote y me habría asesinado si no me hubiera despertado y hubiera conseguido quitarle la pistola. ¡No tuvo suficiente con asesinar al señor Hollybrass! ¡Me habría asesinado a mí! Se lo digo, ¡nos habría asesinado a todos! Fue Zachariah —continuó despotricando el capitán—, quien escondido, pretendiendo estar herido para evitar el trabajo, la dejó escapar y organizó esta trama criminal. Ella tuvo su juicio. Tuvo su veredicto, con el que todos estuvimos de acuerdo. Ahora mismo le acabo de dar otra oportunidad de librarse del castigo de la horca. Le he rogado que se pusiera de nuevo su ropa y le he dicho que encontraría perdón en mi corazón. Lo ha rechazado.

—¡Está mintiendo! —grité—. Está tratando de salvarse a sí mismo. Ha sido él quien ha asesinado a Hollybrass. Lo ha admitido.

—¡Es ella la que está mintiendo! —rugió el capitán, apuntando con la pistola primero a mí, luego a la tripulación, que se estremeció visiblemente—. La verdad es que se quiere hacer con el barco. Sí, así es. ¿Lo apoyaréis? ¿Queréis llegar a puerto y que esta niña divulgue la infamia de que ella, una *niña,* se hizo con el mando del barco, sobre todos y cada uno de vosotros, y os dijo lo que teníais que hacer? ¿Seréis capaces después de caminar con la cabeza bien alta por cualquier puerto del mundo? ¡Pensad en la vergüenza que pasaréis!

Me había empezado a acercar a los escalones de la cubierta del castillo, pensando que los hombres me apoyarían. Pero mientras me aproximaba ninguno de ellos dio un paso adelante. Me detuve.

—¡No debéis creerle! —les supliqué.

—¡No le tengáis miedo! —gritó el capitán Jaggery—. Miradla. No es nada más que una niña extraña, una niña tratando de comportarse como un hombre. Tratando de ser un hombre. Sólo os hará daño si vive. Dejad que reciba su castigo.

Empecé a subir los escalones del castillo. Los hombres comenzaron a retroceder. Horrorizada, me detuve. Busqué a Barlow. Ewing. Grimes. Fisk. Todos, sucesivamente, parecieron huir de mi mirada. Me di la vuelta.

El capitán Jaggery levantó la pistola.

—Agarradla —ordenó.

Pero los hombres no iban a llegar tan lejos. El capitán Jaggery se dio cuenta enseguida y él mismo empezó a avanzar hacia mí.

Retrocedí hasta que me encontré en la cubierta del castillo. La fila de marineros se había roto y se habían dividido a ambos lados.

—¡Ayudadme! —les rogué una vez más. Pero estaban tan sordos a mis palabras como a las del capitán Jaggery.

El capitán, en su cuidadosa persecución, subió lentamente los escalones del castillo. Me retiré hacia la proa, pasado el cabrestante, en línea con la serviola. Él seguía avanzando. A la luz de la luna, parecía una sombra sin cara, una sombra rota sólo por el brillo, como una daga, de la pistola, que reflejaba la luz de la luna. Mi corazón martilleaba tan fuerte que no podía respirar. Busqué una escapatoria pero no pude encontrar ninguna.

La proa parecía bailar debajo de mis pies. Miré frenéticamente detrás de mí; apenas quedaba espacio entre el mar y yo.

Aun así el capitán siguió acercándose. Gateé a la bodega de proa. Se detuvo, abrió las piernas, extendió el brazo y la pistola. Podía adivinar la tensión de su mano.

La proa se hundió. La cubierta rebotó. Aun así, el capitán disparó. Pero falló y, furioso, me arrojó la pistola.

Tropecé hacia atrás y me caí. Arremetió contra mí pero, reaccionando con más miedo que sensatez, trepé al bauprés, agarrada a los vientos para no caerme.

Aferrada a los vientos, desesperada, ya que el barco cabeceaba como loco de nuevo, seguí avanzando por el bauprés, sin dejar de mirar al capitán. Un segundo después él mismo trepó al bauprés.

Me abrí paso entre las flameantes velas. Debajo de mí, el mar se levantó y cayó.

Sentí, como en una nebulosa, que la tripulación se había acercado para ver qué pasaba.

No me quedaban vientos a los que agarrarme. Y el capitán continuaba acercándose lentamente, con la intención de empujarme. Con un rugido me embistió con las dos manos.

Mientras lo hacía, el *Halcón del mar* se hundió. Y en ese mismo instante el capitán Jaggery resbaló. Abrió los brazos. Pero ya se estaba tambaleando, perdido el equilibrio, y empezó a caer. Alargó desesperadamente una mano hacia mí. Impulsivamente salté hacia él. Por un instante nuestros dedos se enlazaron y aguantaron. Pero el barco cabeceó una vez más y el capitán cayó entre las olas. El barco pareció levantarse. Por un momento Jaggery emergió del mar y se agarró al pico del mascarón lleno de espuma. Luego, el *Halcón del mar* saltó, como si quisiera lanzarlo, y el capitán Jaggery cayó en la estruendosa espuma, se hundió debajo del barco y desapareció para siempre.

Desfallecida, temblando y empapada, me arrastré por el bauprés de vuelta a cubierta, hasta que pude escalar a la bodega de proa.

La tripulación me abrió paso, sin decir una palabra. Me detuve y me volví:

—Dadme un cuchillo —dije.

Grimes sacó uno de su bolsillo.

Me apresuré al otro lado de cubierta, donde Zachariah permanecía de pie. Keetch se había apartado de su lado. Corté la cuerda con la que estaba atado y nos abrazamos. Después se acercó a la barandilla del alcázar. Como si los hubiera llamado, la tripulación se reunió debajo.

—¡Compañeros! —gritó Zachariah—. Necesitamos un capitán. No nos sirve Keetch, ya que es un espía y debería estar en el calabozo. La señorita Doyle ha hecho lo que nosotros no hemos sido capaces de hacer. Dejemos ahora que sea nuestro capitán.

Capítulo 22

En teoría era capitán, pero no en la práctica. Era demasiado consciente de todo lo que me quedaba por aprender. Además, como reconoció más tarde Zachariah, el hecho de que fuera la hija de uno de los directores de la compañía propietaria del *Halcón del mar* había tenido mucho que ver con mi ascenso. Así se mantendrían las apariencias. Aunque quedó constancia de mi nombramiento en el diario, yo misma lo escribí, fue Zachariah quien realmente se hizo con el mando. Yo insistí y nadie se opuso. La tripulación eligió a sus oficiales, Fisk y Barlow, se agrupó en dos guardias y se organizaron bastante bien. Johnson estaba más que contento de regresar al castillo.

En cuanto al capitán Jaggery, mi apunte en el diario fue muy breve. Apremiada por la tripulación, escribí que nuestro noble capitán durante el huracán se había mantenido firme en el timón, pero que en los últimos momentos fue barrido por la tormenta. El señor Hollybrass murió en las mismas honorables circunstancias. Desde entonces soy escéptica frente a las historias de héroes fallecidos en gloriosas circunstancias.

Aunque Fisk y Barlow insistieron en que me trasladara al camarote del capitán, continué participando en las guardias como antes. Entre medias, trabajaba frenéticamente en mi diario, para dejar todo por escrito. Era como si la única manera de creer lo que había sucedido, fuera revivir los acontecimientos con mis propias palabras.

Veinticuatro horas después de la muerte del capitán Jaggery, Morgan arrojó la sonda, sacó un dedo de arena negra, la probó y anunció: isla Block. Llegaríamos a Providence, si el viento se mantenía, en no más de veinticuatro horas. De hecho, doce horas más tarde vimos tierra, una fina cinta ondulante verde grisácea entre mar y tierra.

La tripulación se regocijó ante esta visión y ante las grandes esperanzas que tenían una vez que desembarcaran. En cuanto a mí, me encontré sumida en una fugaz e inexplicable melancolía.

—¿Qué te sucede, capitán Doyle? —me preguntó Zachariah, utilizando el cargo que había adoptado para bromear conmigo. Me descubrió subida en la bodega de proa, mirando taciturnamente el mar y la costa a la que nos íbamos acercando.

Sacudí la cabeza.

—No hay muchas chicas —me recordó— que suban a un barco como pasajeras y lleguen a puerto como capitanes.

—Zachariah —pregunté—, ¿qué será de mí?

—¿Por qué? Yo no me preocuparía. Según me has dicho tu familia es rica. Te espera una buena vida. Y, Charlotte, te has ganado la firme amistad de muchos de estos marineros, por no hablar de unas experiencias que pocos jóvenes tienen. Será un viaje que recordarás siempre.

—¿De dónde vienes? —le pregunté de repente.

—De la costa este de África.

—¿Alguna vez fuiste esclavo?

—No —dijo orgulloso.

—¿Siempre quisiste ser marinero?

No respondió inmediatamente a esa pregunta. Y cuando lo hizo, habló con un tono menos jovial:

—Me escapé de casa —dijo.

—¿Por qué?

—Era joven. El mundo era grande. Mi casa era pequeña.

—¿Alguna vez has regresado?

Negó con la cabeza.

—¿Nunca la has añorado?

—Oh, sí, a menudo. Pero no sabía si sería bienvenido. O qué encontraría. ¿Recuerdas, Charlotte, lo primero que te dije cuando subiste a bordo? ¿Qué una chica y un viejo negro eran seres únicos en el mar?

—Sí.

—La verdad —dijo— es que soy único en todas partes.

—¿Y yo?

—¿Quién puede responder a eso ahora? Sólo te puedo decir, Charlotte, que un marinero elige el viento que le saca de un puerto seguro. Ah, pero, una vez que estás a bordo, como has visto, los vientos deciden por su cuenta. Ten cuidado, Charlotte, con el viento que eliges.

—Zachariah —pregunté—, ¿alguien en Providence nos preguntará qué ha pasado?

—Lo que haremos —contestó— es recordar a los propietarios que hemos conseguido arribar a puerto el *Halcón del mar* con la mercancía intacta. Es cierto que hemos perdido al capitán y al primer oficial, pero murieron, ¿no es verdad?, cumpliendo con su deber.

—¿Keetch no hablará?

—Está demasiado contento por haber salvado el pellejo. Además, Jaggery le tenía bien agarrado. Chantaje. Así que para Keetch ha sido una liberación.

—¿Cranick?

—Nunca estuvo a bordo. Te lo aseguro, Charlotte —concluyó—, los propietarios lamentarán la pérdida, pero sus lágrimas no llenarán ni un dedal.

Casi dos meses después de haber salido de Liverpool, entramos en la bahía de Narraganset y lentamente iniciamos nuestro camino hacia Providence.

La mañana del 17 de agosto de 1832 divisamos los muelles Indios.[3]

Cuando me di cuenta de que habíamos llegado al muelle, fui a mi camarote y me puse con mucho nerviosismo la ropa que había guardado para la ocasión: un

[3] Durante los siglos XVIII y XIX el puerto comercial de Providence estaba en la ribera llamada India Point, donde los ríos Seekonk y Providence se unen en la Bahía Narraganset. El nombre se debe a que el comercio se hacía sobre todo con las Indias.

sombrero sobre mi destrozado cabello, una falda larga algo sucia, unos zapatos poco lustrosos y unos guantes. Para mi sorpresa me sentí tan ceñida y apretada que me costaba respirar. Miré mi baúl, donde había guardado mi ropa de marinero como un destrozado recuerdo. Por un momento pensé en ponérmela, pero rápidamente me recordé a mí misma que debía, desde ese momento, ser sólo un recuerdo.

Mientras nos aseguraban con las amarras de atraque, miré hacia el muelle, con el corazón palpitando, y vi a mi familia entre la muchedumbre expectante. Allí estaban mi madre, mi padre, mi hermano y mi hermana, todos buscándome. Estaban tal y como los recordaba, vestidos formal y elegantemente a pesar del tremendo calor veraniego.

Mi madre llevaba una falda larga de color verde oscuro, con un chal granate sobre los hombros y un sombrero cubriendo la mayor parte de su cabello, severamente peinado. Mi padre, verdadera imagen de un hombre poderoso, llevaba una levita, chaleco, un sombrero de copa y unas pobladas patillas grises. Mi hermano y mi hermana no eran más que pequeñas miniaturas de ellos.

Claro que estaba contenta de verlos, pero me costaba contener las lágrimas.

Los adioses a la tripulación fueron muy breves y fríos. Las verdaderas despedidas habían tenido lugar la noche anterior. Barlow lloró; Fisk me abrazó bruscamente; Ewing me besó en la mejilla mientras me susurraba: «Ahora tú, muchacha, eres mi sirena»; Grimes me regaló un cuchillo, que tuve que rechazar, sonriendo maliciosamente; Foley ofreció una ronda de ron que fue coronada por tres hurras, por parte de todos. Luego vino la última guardia de noche con Zachariah. Mientras trataba de sofocar mi agitado espíritu, estuvimos cogidos de la mano, sin que yo pudiera hablar.

Descendí por la pasarela y fui recibida por los distantes brazos de mis padres. Incluso mis hermanos, Albert y Evelina, no me ofrecieron más que efímeros besos que apenas me rozaron la cara.

Nos instalamos en el carruaje familiar.

—¿Por qué el vestido de Charlotte está tan arrugado? —preguntó Evelina.

—Ha sido un viaje difícil —respondió mi madre por mí.

—Sus guantes están muy sucios —intervino Albert.

—¡Albert! —le reprochó mi padre.

Nos quedamos en silencio, mientras el coche ganaba velocidad. Y, de repente, mi madre exclamó:

—Charlotte, tu cara está muy *morena.*

—El sol era muy fuerte.

—Creía que estarías en tu camarote —me reprendió—, leyendo edificantes tratados.

Sólo se escuchaba el ruido de cascos de los caballos. Miré más allá del ala de mi sombrero y me encontré con la mirada de mi padre clavada en mí como si hubiera adivinado mis secretos. Bajé los ojos.

—¿Un viaje difícil, querida? —me preguntó al final—. Perdisteis el mástil.

—Hubo una terrible tormenta, papá —dije, mirándole a los ojos implorante—. Incluso Fisk… los marineros dijeron que era una de las peores que habían visto. Perdimos al capitán. Y al primer oficial.

—Dios mío... —oí a mi madre susurrar.

—Sí, estoy seguro —dijo mi padre—. Pero uno tiene que tener cuidado con las palabras que elije, Charlotte. Es sabido que los marineros tienen una perniciosa tendencia a la exageración. Estoy deseando leer una versión más mesurada en tu diario. Lo has escrito, como se te pidió, ¿no?

—Sí, papa —me dio un vuelco el corazón. Había olvidado completamente que querría ver lo que había escrito.

—Estoy ansioso por leerlo —dijo moviendo un dedo delante de mí juguetonamente—. Pero ten en cuenta que estaré muy pendiente de los errores gramaticales.

Entonces, gracias a Dios, Albert y Eveline insistieron en hablarme sobre nuestra elegante casa en la calle Benevolent.

Cuando la vi, me di cuenta de que era más grande de lo que yo recordaba. La entrada principal estaba flanqueada por grandes columnas. Había enormes ventanas cubiertas con cortinas, como los ojos de un búho, que daban a la calle. Con sus dos pisos, me recordó a una fortaleza inglesa.

Entramos y permanecimos de pie en el inmenso vestíbulo delante de la magnífica escalera. Después de tantos días al aire libre, la casa me pareció inmensa, oscura y claustrofóbica.

Mientras mi padre miraba, mi madre me quitó el sombrero. Cuando vio mi pelo recortado, dio un grito.

—Charlotte —susurró—. ¿Qué pasó?

—Piojos —me oí decir. Era una de las pocas explicaciones que había ensayado.

Gritó de nuevo y antes de que pudiera calmarla, me tomó las manos:

—Pobre niña —musitó—. ¡Qué horrible! —mientras permanecía de pie, sujetando mis manos, una extraña mirada cruzó por sus ojos. Lentamente dio la vuelta a mis manos, estudió las palmas y las tocó con las puntas de sus dedos:

—¿Y tus manos? —preguntó horrorizada—. Están… tan ásperas.

—Tenía que lavarme la ropa, mamá.

—Querida Charlotte, lo siento terriblemente.

—Madre —dijo de repente mi padre—, quizá deberíamos sentarnos a desayunar.

Me ofreció su brazo, y lo así graciosamente.

Caminamos hacia el comedor. La mesa estaba puesta con un mantel blanco, vajilla de porcelana china y cubertería de plata. Apartándome de mi padre, fui a sentarme.

—Deja que tu madre se siente antes —le escuché murmurar.

Mientras comíamos, mi padre dijo:

—Según tengo entendido, a través del representante de la compañía, las otras familias, las que habían prometido acompañarte durante el viaje, nunca cumplieron con su promesa.

—No, papá —respondí—. Nunca llegaron a embarcar.

—Qué terriblemente solitario para ti —dijo mi madre, moviendo la cabeza apenada.

—¡Dos meses sin hablar con nadie! —exclamó Eveline.

—Por supuesto que no, tonta.

—Pero... ¿con quién? —preguntó Albert desconcertado.

—Con los hombres. Los marineros.

—¿Los hombres, Charlotte? —dijo mi madre, frunciendo el ceño.

—Bueno, verás...

—Quieres decir el capitán, ¿no es cierto Charlotte? —sugirió mi padre.

—Oh, no, no sólo él, papá. Verás, un barco es tan pequeño...

De repente mi padre interrumpió:

—Me parece que nos hemos quedado sin mantequilla.

—¡Iré a buscarla! —dije, empujando hacia atrás mi silla.

—¡Charlotte, siéntate! —rugió mi padre. Se giró hacia la doncella que estaba esperando al lado—. Mary, la mantequilla.

La doncella hizo una reverencia y salió.

Cuando me volví, me encontré a mi hermana mirándome:

—¿Qué pasa? —pregunté.

—Ya sé lo que pareces —dijo Eveline.

—¿Qué?

Arrugó la nariz.

—¡Una india!

Albert se rió.

—¡Niños! —exclamó mi padre. Con mucho esfuerzo, Albert y Eveline permanecieron quietos.

—Charlotte —escuché que preguntaba mi madre—, ¿cómo pasabas el tiempo?

—Mamá, no tienes ni idea de todo el trabajo que hay que hacer en un barco...

Mi padre miró de repente su reloj:

—Es mucho más tarde de lo que pensaba —dijo—. Eveline y Albert tienen clase en el cuarto de jugar. La señorita Van Rogoff, su tutora, ya estará esperando. Niños.

Albert y Eveline se levantaron de sus asientos, mientras luchaban por sofocar sus risas.

—Podéis retiraros —les dijo mi padre.

Una vez que se hubieron retirado, la habitación se quedó en silencio. Mi madre me estaba mirando como si fuera una extraña. En cuanto a mi padre, tenía su expresión más severa.

—Los marineros fueron muy amables conmigo —expliqué—. No me podía esperar...

—Debes de estar cansada —me interrumpió—. Creo que un descanso te vendrá bien.

—No, no lo estoy, papá. Me he acostumbrado a dormir poco.

—Charlotte —insistió—, estás cansada y quieres irte a tu cuarto.

—Pero...

—Charlotte, no debes contradecir a tu padre —susurró mi madre.

Me levanté de mi asiento.

—No sé dónde está mi cuarto —dije.

—Mary —llamó mi padre—. Pida a Bridget que venga.

Un segundo después Mary apareció con otra doncella, una niña no mucho mayor que yo.

—Bridget —dijo mi padre—, lleve a la señorita Charlotte a su cuarto. Ayúdela con el baño y a cambiarse de ropa.

—Sí, señor.

Bridget me guió. Mi habitación estaba en el ala derecha de la casa, en la segunda planta. Sus ventanas daban al jardín de atrás, donde se veía un enrejado de rosas en flor. Permanecí en la ventana, mirando hacia el jardín y las flores, diciéndome: estoy en casa, estoy en casa.

Oí un ruido detrás de mí. Un hombre, asumí que otro sirviente, había traído mi baúl y lo había abierto. Luego se marchó.

Seguí mirando por la ventana.

—Si es tan amable, señorita —oí a Bridget decir—, su padre ha dicho que la bañe y la vista.

—Bridget, mi nombre no es señorita. Es Charlotte.

—No me querría tomar esas libertades, señorita.

Me giré hacia ella:

—¿Incluso aunque yo quiera?

—No creo que el señor lo apruebe, señorita.

—Pero si yo te lo pido…

—No quiero resultar impertinente, señorita —dijo Bridget con un tono de voz apenas audible—, pero es el señor quien me paga mi salario.

La miré a los ojos, Bridget bajó la cabeza. Sentí un pinchazo de dolor en el corazón. Alguien llamó suavemente a la puerta.

—¿Puedo abrir, señorita? —susurró Bridget.

—Sí, por favor —dije, con gran cansancio.

Bridget abrió la puerta a Mary, la otra doncella.

Mary entró e hizo una reverencia.

—Señorita —me dijo—, el señor ha pedido que Bridget se lleve y destruya toda su antigua ropa, señorita. También me ha pedido que le baje su diario, señorita.

Las observé a las dos, sus tímidas posturas, su falta de voluntad para mirarme a los ojos.

—Mary —dije—. Ése es tu nombre, ¿no?

—Sí, señorita.

—¿Me llamaría Charlotte si se lo pidiera? ¿Sería mi amiga?

Mary miró nerviosamente a Bridget.

—¿Lo sería?

—No creo, señorita.

—Pero… ¿por qué? —supliqué.

—El señor no lo permitiría, señorita. Me despedirían.

No pude responder.

Tras una pausa, Mary me dijo:

—Estaría encantada de bajar ahora el diario, señorita.

—¿Debo ir a buscarlo? —me preguntó Bridget.

Fui hacia mi baúl, encontré el libro y se lo di a Mary. Se inclinó y sin decir otra palabra, e incluso evitando mi mirada, salió en silencio de la habitación cerrando la puerta tras de sí. Volví a mirar por la ventana.

—¿Debo entender que todos los vestidos del baúl, señorita, son para tirar? —me preguntó Bridget finalmente.

—¿Qué harán con ellos?

—Creo que se los darán a los pobres, señorita. La señora es muy amable en ese sentido.

—Tengo que guardar una cosa —dije con valor. Apresuradamente saqué mi ropa de marinero.

—¿Eso es para guardar, señorita? —preguntó Bridget desconcertada.

—Se lo quiero enseñar a mis padres —mentí.

—Muy bien, señorita.

Deshizo mi equipaje. Me bañé. ¡Qué sensación tan extraña! La suciedad salió a flote. Me vestí, ayudada o mejor dicho molestada, a pesar de mis protestas, por Bridget. Pero en vez de bajar las escaleras, la despedí y me senté en la cama, maravillada de su suavidad.

La verdad es que estaba tratando de serenarme. Tenía miedo de bajar las escaleras. Sabía que pronto me llamarían. Pero, mientras permanecía sentada me acordé de mis primeros momentos en el *Halcón del mar*. ¡Qué sola me sentía entonces! ¡Qué sola estaba ahora! ¡Oh, Zachariah! —susurré para mí—. ¿Dónde estás? ¿Por qué no vienes a por mí?

Llegó la llamada de mi padre, pero no antes de que pasaran dos horas. Mary regresó con la petición de que bajara directamente al salón. Con el corazón latiendo con furia bajé por las anchas y alfombradas escaleras, con la mano acariciando la alta y abrillantada balaustrada. Luego llamé.

—Pasa —oí decir a mi padre—. Entra.

Mi madre estaba sentada en una silla, mi padre estaba a su lado, con las piernas ligeramente abiertas, como manteniéndose en equilibrio. Con una mano agarraba la solapa de su chaqueta. La otra estaba apoyada protectoramente sobre el hombro de mi madre, que tenía la mirada puesta en la alfombra.

—Charlotte —me dijo mi padre—, por favor cierra la puerta.

Así hice.

—Ahora, ven y ponte aquí delante.

—Sí, papá —dije mientras avanzaba hacia el sitio que había señalado mi padre con el dedo. Sólo entonces me di cuenta de que la habitación, incluso para un mediodía de agosto, estaba anormalmente caliente. Miré hacia la chimenea y me sorprendí de ver fuego en ella. Necesité otro instante para darme cuenta de que las llamas estaban devorando mi diario.

Hice ademán de moverme hacia ella.

—¡Detente! —gritó mi padre—. Deja que se queme.

—Pero...

—¡Hasta las cenizas!

Me giré hacia ellos, atónita.

—Charlotte —empezó mi padre—, he leído tu diario atentamente. He leído algo, no todo, a tu madre. Podría decir muchas cosas, pero de hecho sólo diré unas pocas. Cuando lo haya hecho, no hablaremos de esto nunca más. ¿Entendido?

—Pero...

—¡Entendido, Charlotte!

—Sí, papá.

—Cuando te mandé a la escuela Barrington para señoritas, pensaba, según me habían informado, que te darían una firme educación de acuerdo con tu posición en la vida, con tus expectativas y las nuestras. Me engañaron. De alguna manera tus profesores te han dotado de la desafortunada capacidad para inventar las más descabelladas, por no decir antinaturales, historias.

—Papá —traté de interrumpir.

—¡Silencio! —rugió.

Cerré la boca.

—Lo que has escrito es basura de la peor especie. ¡Material para noveluchas! Despreciable. Charlotte, se hace flaco favor a la justicia cuando se critica a los superiores, como el pobre capitán Jaggery. Y peor aún, Charlotte, tu ortografía es una absoluta desgracia. Nunca había visto algo tan abominable. Y la gramática... ¡es increíble! Tendrás un tutor americano, una señorita, inculcará un poco de orden en tu cabeza. Pero la ortografía, Charlotte, la ortografía...

—Papá...

—Esto es todo lo que tenemos que decir sobre este asunto, Charlotte. ¡Todo lo que diremos nunca! Puedes volver a tu habitación y esperarás allí hasta que te volvamos a llamar.

Me di la vuelta para marcharme.

—Charlotte.

Me detuve pero no me volví.

—Te prohíbo, prohíbo, hablar de este viaje a tus hermanos.

Tardaron mucho en volver a llamarme. La verdad es que no me dejaban salir de mi habitación. Mary me traía todas las comidas en una bandeja. No me permitían visitas, ni siquiera de Albert o Eveline. Se dijo a todo el mundo que «estaba seriamente enferma». Y aunque lo intenté, la única persona que veía con regularidad, Bridget, no cedía a mis muestras de amistad.

De mi madre no recibí consuelo, sólo lágrimas. De mi padre una gran cantidad de libros que consideraba adecuados para mi educación. Ni una palabra ni una pregunta para consolarme.

Pero no leía. Utilicé los libros, las páginas en blanco, los márgenes, incluso las páginas de comienzo de capítulo, para dejar por escrito lo que había pasado durante el viaje. Era la forma de fijar en mi memoria todos los detalles.

Así pasé una semana hasta que pensé en pedirle a Bridget un periódico.

—Se lo tendré que pedir al señor —me contestó.

—Bridget —le dije—, por cada periódico que me traigas sin *informar* a mi padre te daré un regalo.

Bridget me miró largamente.

Después de una breve búsqueda en mi tocador, elegí un pasador de pelo recubierto de perlas y se lo ofrecí. «Como éste», le dije.

Hizo lo que le pedí. Una semana después encontré lo que estaba buscando en la sección de Salidas para Europa:

El bergantín *Halcón del mar* zarpará el 9 de septiembre con la marea de la mañana. Patrón, el capitán Roderick Fisk.

Durante los días siguientes fingí concentrarme tanto en mis libros que finalmente me permitieron bajar a comer con mi familia.

El 8 de septiembre, seguramente uno de los días más largos de mi vida, les dije a todos en la mesa que quería ser excusada para continuar con la lectura que me tenía ocupada.

—¿Qué estás estudiando, cariño? —me preguntó nerviosamente mi madre.

—El ensayo del doctor Dillard sobre la paciencia, mamá.

—¡Qué gratificante! —dijo.

Ese mismo día por la tarde me dijeron que mi padre quería que bajara a su estudio. Bajé y llamé a la puerta.

—¡Entra! —ordenó.

Estaba sentado en su silla de lectura, con un libro abierto delante de él. Miró hacia arriba, cerró su libro y me pidió que me acercara con un amable gesto de su mano.

—Estás progresando, Charlotte —dijo—. Quiero elogiar tus esfuerzos. De verdad.

—Gracias, papá.

—Eres joven, Charlotte —prosiguió—. Los jóvenes son capaces de absorber muchos traumas y seguir manteniendo una… —buscó las palabras adecuadas.

—¿Una vida *disciplinada*? —sugerí.

Por primera vez en mucho tiempo me sonrió.

—Sí, exacto, Charlotte, *disciplinada*. Tengo muchas esperanzas en ti. Ahora nos entendemos perfectamente. Buenas noches, cariño. Buenas noches —retomó la lectura de su libro.

—Buenas noches, papá.

Me bañé. Accedí a irme a la cama bajo la supervisión de Bridget.

A las dos de la mañana todo estaba en silencio. Me deslicé de la cama y del último cajón de la cómoda, debajo de capas de vestidos envueltas en papel, saqué las ropas de marinero que Zachariah me había hecho. Me las puse.

Abrí la ventana de mi habitación. Descender por el enrejado era para mí un juego de niños. ¡Casi me reí! Media hora después estaba en los muelles Indios, delante del *Halcón del mar.* Todo estaba a oscuras excepto por la luz de dos linternas, una en proa y otra en popa. Habían colocado un nuevo palo mayor.

Me situé para observar a la sombra de unas balas de mercancías y vi a un hombre de guardia, caminando por la cubierta del castillo. En un momento dado se acercó a la campana y golpeó el badajo, cuatro campanadas. Con cada repicar sentí escalofríos subir y bajar por mi espalda.

Llena de valor, subí por la pasarela.

—¿Quién es? —llegó una voz desafiante.

No dije nada.

—¿Quién es? —escuché de nuevo. Ahora estaba segura de a quién pertenecía la voz.

—¿Zachariah? —grité ahogadamente.

—¡Charlotte!

—He decidido regresar a casa.

Con la primera marea de la mañana y el viento del sudoeste, el *Halcón del mar* zarpó. Mientras lo hacía, yo trepaba a la verga del juanete debajo de una hinchada vela. Una cosa que me dijo Zachariah inundó mi mente y alegró mi corazón: un marinero, había dicho, elige el viento que le saca de un puerto seguro… pero luego los vientos toman sus propias decisiones.

Apéndice

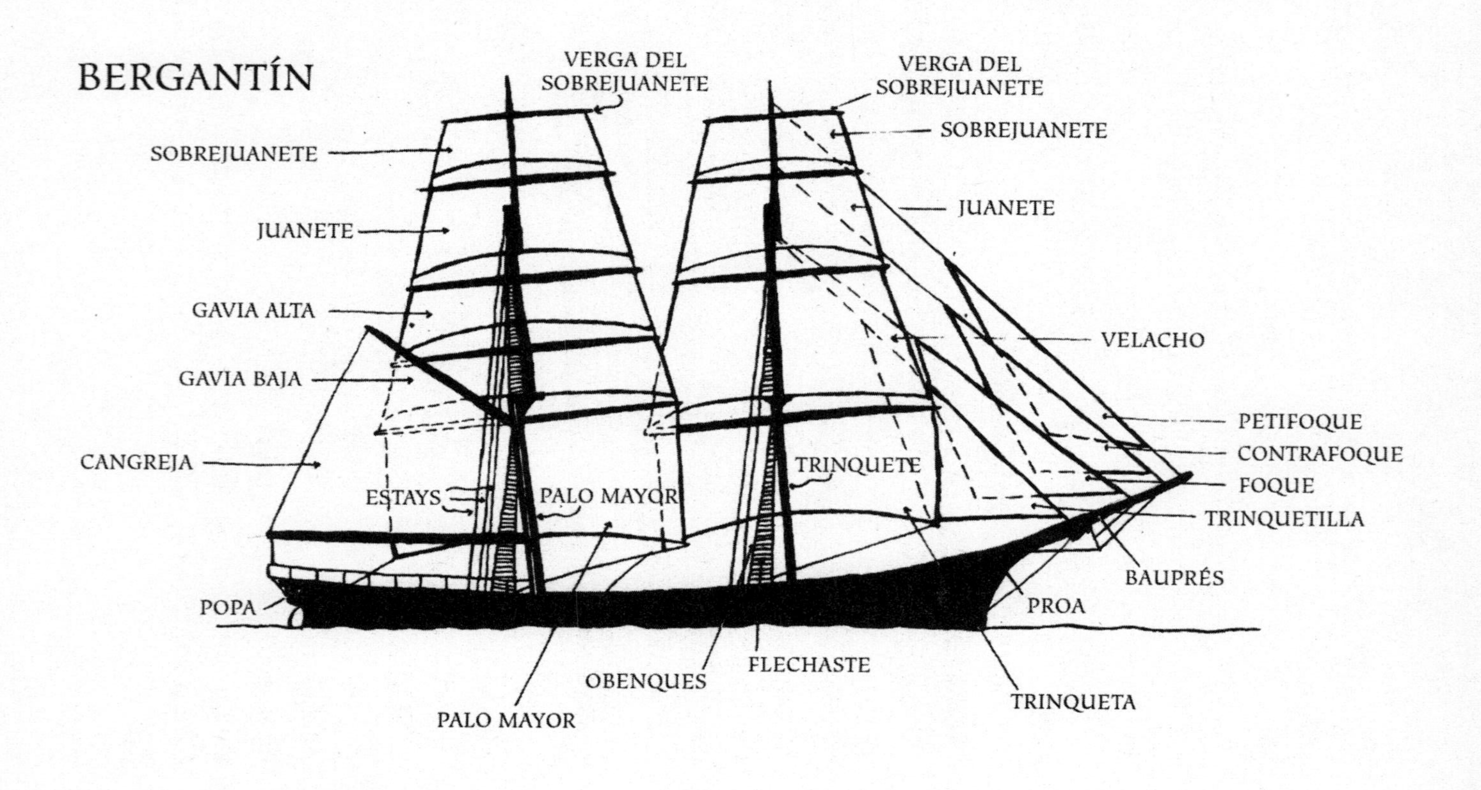
BERGANTÍN
VERGA DEL SOBREJUANETE
VERGA DEL SOBREJUANETE
SOBREJUANETE
SOBREJUANETE
JUANETE
JUANETE
GAVIA ALTA
VELACHO
GAVIA BAJA
PETIFOQUE
CONTRAFOQUE
CANGREJA
TRINQUETE
FOQUE
ESTAYS
PALO MAYOR
TRINQUETILLA
BAUPRÉS
POPA
PROA
FLECHASTE
OBENQUES
TRINQUETA
PALO MAYOR

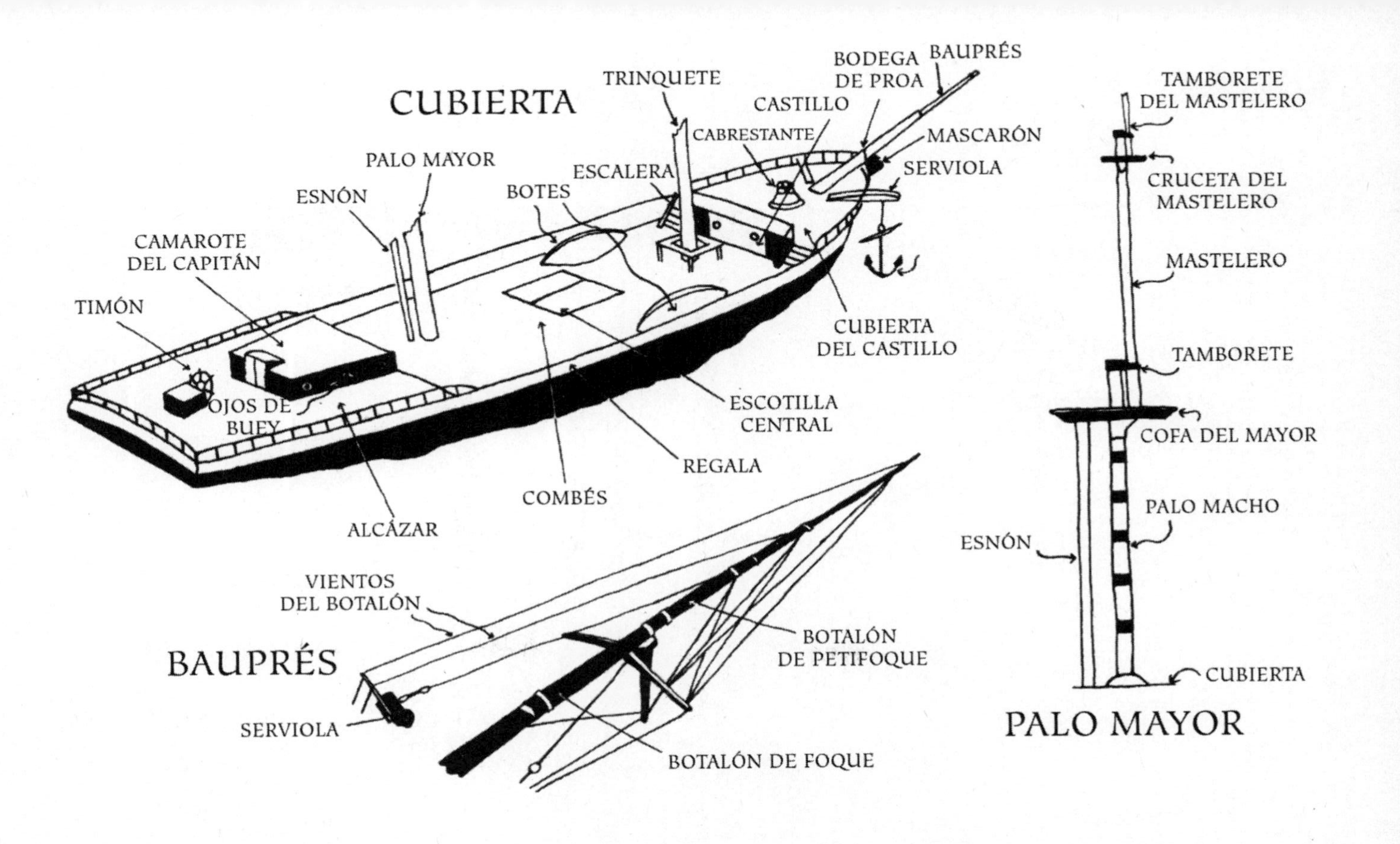
CUBIERTA
TRINQUETE
BODEGA DE PROA
BAUPRÉS
CASTILLO
CABRESTANTE
MASCARÓN
SERVIOLA
PALO MAYOR
ESCALERA
ESNÓN
BOTES
CAMAROTE DEL CAPITÁN
TIMÓN
CUBIERTA DEL CASTILLO
OJOS DE BUEY
ESCOTILLA CENTRAL
REGALA
COMBÉS
ALCÁZAR
VIENTOS DEL BOTALÓN
BAUPRÉS
BOTALÓN DE PETIFOQUE
SERVIOLA
BOTALÓN DE FOQUE
TAMBORETE DEL MASTELERO
CRUCETA DEL MASTELERO
MASTELERO
TAMBORETE
COFA DEL MAYOR
PALO MACHO
ESNÓN
CUBIERTA
PALO MAYOR

Guardias

La tripulación de un barco de vela se dividía en equipos para compartir el trabajo. Estos equipos se llamaban «guardias». En el *Halcón del mar* el señor Hollybrass estaba al mando de una de ellas, mientras que el señor Keetch, y luego el señor Johnson como segundo oficial, se encargaba de la segunda.

El día se dividía en varios periodos de tiempo, también llamados «guardias»:

Segunda guardia, de medianoche a las 4:00 horas.

Tercera guardia o guardia del alba, de las 4:00 a las 8:00 horas.

Guardia del mediodía, de las 8:00 a las 12:00 horas.

Guardia de la tarde, de las 12:00 a las 16:00 horas.

Guardia del primer cuartillo, de las 16:00 a las 18:00 horas.

Guardia del segundo cuartillo, de las 18:00 a las 20:00 horas.

Primera guardia, de las 20:00 horas a medianoche.

En un día normal un marinero trabajaría guardias alternas, un sistema llamado «guardia y guardia».

Descanso durante la segunda guardia, de medianoche a las 4:00 horas.

Trabajo durante la tercera guardia o guardia del alba, de las 4:00 a las 8:00 horas.

Descanso durante la guardia del mediodía, de las 8:00 a las 12.00 horas.

Trabajo durante la guardia de la tarde, de las 12:00 a las 16:00 horas.

Descanso durante la guardia del primer cuartillo, de las 16:00 a las 18:00 horas.

Trabajo durante la guardia del segundo cuartillo, de las 18:00 a las 20:00 horas.

Descanso durante la primera guardia, de las 20:00 horas a medianoche.

Esto significaría que al día siguiente el horario de un marinero sería:

Trabajo durante la segunda guardia, de medianoche a las 4:00 horas.

Descanso durante la tercera guardia o guardia del alba, de las 4:00 a las 8:00 horas.

Trabajo durante la guardia del mediodía, de las 8:00 a las 12:00 horas.

Descanso durante la guardia de la tarde, de las 12:00 a las 16:00 horas.

Trabajo durante la guardia del primer cuartillo, de las 16:00 a las 18:00 horas.

Descanso durante la guardia del segundo cuartillo, de las 18:00 a las 20:00 horas.

Trabajo durante la primera guardia, de las 20:00 horas a medianoche.

Y así sucesivamente...

Este horario de guardia a guardia significaba que ningún marinero tenía nunca más de cuatro horas seguidas de sueño. Por supuesto, si era necesario, por ejemplo, colocar o revisar las velas en caso de tormenta, se llamaba a todos los hombres, que tenían que acudir aunque no les tocara la guardia.

Para saber la hora, los oficiales tocaban la campana del barco cada media hora. Lo hacían de esta manera:

Una campanada significaba la primera media hora después de que la guardia comenzara.

Dos campanadas significaban la segunda media hora.

Tres campanadas significaban la tercera media hora.

Cuatro campanadas significaban la cuarta media hora.

Cinco campanadas significaban la quinta media hora.

Seis campanadas significaban la sexta media hora.

Siete campanadas significaban la séptima media hora.

Ocho campanadas significaban la octava media hora y, por tanto, el final de la guardia.

Así, por ejemplo, si repicaban dos campanadas durante la guardia del primer cuartillo eran, según el horario de tierra, las 5:00 horas.

DISCARDED BY
FREEPORT
MEMORIAL LIBRARY

DISCARDED BY
FREEPORT
MEMORIAL LIBRARY